焼肉で勝負!

食堂のおばちゃん⑩

山口恵以子

角川春樹事務所

目次

焼肉で勝負!

食堂のおばちゃん10

第一話　食育は豆腐ハンバーグ

「あ、出た、出た」

目の前に置かれた定食の盆を見て、ワカイのＯＬが声を弾ませた。視線の先には漬物の皿がある。

「これ、これ。夏が来たって感じ」

今日の漬物は瓜の印籠漬け。青瓜の種をくり抜いて茗荷と大葉を詰めて塩漬けにした漬物で、はじめ食堂で出すのは今年初だ。

「私、ここで食べるまで、こんな漬物があるって知らなかったわ」

向かいの席のＯＬも嬉しそうに言う。味も香りも爽やかなこの漬物は、特に女性に絶大な人気を誇っている。

「ありがとうございます。季節限定なんで、よろしくお願いします」

二三も嬉しくなってつい口を添えた。

瓜の旬は五月の終りから八月いっぱいで、はじめ食堂では六月と七月しか印籠漬けを作らない。白菜漬けより提供期間が短く、まさに夏限定の季節物だ。

「串カツね！」

「俺、麻婆ナス！」

「冷しゃぶのぶっかけうどん、定食セットで！」

　お客さんから次々に注文の声がかかる。

「はい、毎度！　串カツ、麻婆ナス、冷しゃぶセット一つ！」

　二三も負けずに声を張って注文を通す。

　カウンターの向こう側では、万里が中華鍋を振るい、一子が串カツを揚げ始めた。二人とも無駄のない動きだ。

　麻婆ナスは時短のために、開店前にナスに油通ししておき、合せ調味料も作っておく。こうすれば注文が入るごとにひき肉と炒め合せ、出来立てをサービスできるのだ。

　二三は盆に小鉢二品とご飯、味噌汁、漬物、サラダをセットして、メイン料理が出来上がったらすぐに載せて客席に運ぶ。お客さんが席に着いたらおしぼりとお茶を運び、注文を取り、お勘定と後片付けも役割だから、ランチタイムは目の回るような忙しさだ。

　それでも、美味しそうに食べるお客さんの顔を見ると嬉しくなり、やる気が湧いてくる。はじめて食堂に立ったときから十五年以上経ったが、今もその気持ちは変らない。

　本日のはじめ食堂のランチメニューは、日替わりが串カツ（豚肉と玉ネギ）、麻婆ナス。

焼き魚が本シズ干物、煮魚が鰯の梅煮。

本シズとは聞き慣れない魚だが、エボダイに似た美味しい白身魚で、おまけにエボダイよりずっと安い。別名のバターフィッシュが示す通り、焼くとバターのような香ばしい香りがする。今朝、豊洲市場から魚政の主人政和に「お宅で使えそうな干物が入ってるけど」と電話をもらい、二つ返事で仕入れてもらった。

ワンコインが冷やし豚しゃぶのぶっかけうどん。小鉢は冷や奴とモヤシのナムル、味噌汁は冬瓜と茗荷、そして漬物は瓜の印籠漬け。これにドレッシング三種類かけ放題のサラダが付いて、ご飯味噌汁お代わり自由。お代は七百円也。

もっと安い定食屋は沢山あるが、味と内容はどこにも負けないと自負している。


「迷っちゃうわ」

「う〜ん」

腕組みして首をひねっているのは野田梓と三原茂之のご常連二人だ。

「本シズも鰯の梅煮も、初メニューよね」

「うん。鰯は大体カレー揚げにしてたんだけど、今日は日替わりが串カツだし、入梅鰯で丸まる太ってるから、揚げるのがもったいない気がして」

二三は二人におしぼりとお茶を出しながら言った。鰯は節分のイメージがあるが、実は梅雨（つゆ）の頃（ころ）が旬なのだ。

「梅煮は鰯料理の定番なのに、これまでランチで出てなかったのが不思議よね」

時刻はちょうど一時半を回った頃だった。テーブルとカウンターを埋めていた満員のお客さんは、今は嘘（うそ）のように引き上げて、梓と三原の二人しかいない。

「ま、迷ったときはハーフ&ハーフってことで、どうっすか？」

万里がカウンター越しに声をかけた。

「ありがと、万里君」

「助かります」

梓も三原も満足そうな顔で腕組みを解いた。梓は三十年以上、三原も十年以上ほとんど毎日ランチを食べに来てくれる大得意なので、このくらいのサービスは毎度のことだ。

梓は皿の上の本シズの干物をしげしげと眺めた。

「エボダイに似てるわね」

「味も似てるわよ。お値段は格安だけど」

三原はひと箸（はし）口に運んでゆっくりと味わった。

「美味（うま）い。ジューシーで、エボダイよりクセがない感じだ。どこら辺で獲（と）れるんですか？」

「よくは知らないんですけど、昔は水揚げが多くて、伊豆（いず）の方ではアジと並んで干物の定番だったそうですよ」

梓は鰯の梅煮に箸を付けた。

「それにしても、魚のバリエーションってすごい豊富よね。この本シズと鰯、どっちも美味しいけど全然違うし」

「確かに。魚を一種類ずつ食べたら、一年かかるかも知れない」

「一年じゃ足りませんよ。魚は世界中に二万種類いるそうですから」

梓は当たり前のような顔で言った。読書好きは伊達(だて)ではなく、頭の中はトリビアの宝庫だ。

「毎年新しい品種が発見されるんで、学者でも正確な数は分らないみたい。日本には近海と川と湖で三千種いるんですって」

「へええ。国がちっちゃい割りに、結構多いのね」

「南北に細長いからね。海岸線も長いし」

梓の言葉に触発されたか、一子は目の前を魚が泳いでいるかのように視線を動かし、指を折った。

「あたしはこれまで何種類くらい魚を食べたのかしらねえ」

「お姑(かあ)さん、海の幸は魚だけじゃないわよ。イカ、タコ、海老(えび)、蟹(かに)、貝類も入れないと」

「おばちゃん、イクラとウニも入るよ」

「そしたらタラコも入るわよねえ。シャコも入るし……」

「白子とあん肝もあり」

「白子はタラと河豚の他に、何があったっけ？」

万里が首をひねると、梓が言った。

「あたし、ボラの白子、食べたことあるわ」

「ボラって、卵がカラスミよね？」

「そうそう。卵ばっか有名だけど、白子も美味しいわよ」

すると、三原も思い出したように口を開いた。

「白子と言えば、錦糸町に新しくオープンした中華料理店で、鶏の白子の揚げ物を食べましたよ」

「三原さん、鶏は反則」

「おっとっと」

一子は穏やかに微笑んだ。

「この世の中には、まだ食べたことのない美味しいものがいっぱいあるってことね」

「そうそう」

二三も弾んだ声で応じた。

「お姑さん、日曜日に錦糸町へ鶏の白子を食べに行こうか？」

「そうだね。それが良い」

他愛もない遣り取りのお陰で、みんなの頭にはご馳走の幻影がずらりと浮かび、その日のはじめ食堂の賄いは実際よりもゴージャスに感じられたのだった。


「ああ、あそこ。香港料理の店ね。一度行ったことあるわ」

二三が錦糸町の中華料理店のことを話すと、菊川瑠美はちゃんと店名を知っていた。

「私が行ったときはコースのみで、ランチもディナーも同じメニューだったはず……」

「さすが、料理研究家」

「食いしん坊なだけよ」

瑠美はお通しの枝豆を口に入れた。

「鶏の白子って、中華料理では普通に使うの?」

カウンターの隣に座った辰浪康平が訊いた。二人は今日も連れ立ってやって来た。

「珍しいんじゃないかしら。私は他の店で食べたことないし」

「どんな味?」

「……白子みたいな」

康平もはじめ食堂の三人も、思わず苦笑した。

「先生、それを言っちゃお終いっすよ」

「だって他に言いようがないんだもの。濃厚でクリーミーで舌触りが良くて……。でも、あの店は白子をペーストにして卵黄と上湯を混ぜてるんですって。だからただの白子じゃないんだけど」

　瑠美も答えながら苦笑した。今日の最初の一杯は康平に合せたのか、生ビールの小を注文した。

「今度の日曜日、姑とその店に行こうと思ってるんです」

「すごく良い店よ。ただ、名物料理のクリスピーチキンとハタの蒸し物はコースとは別注文だったの。私、友達と三人だったけど、とても食べきれなくて、最後のチャーハンはテイクアウトにしてもらったわ。だから別注はやめた方が無難よ」

　クリスピーチキンとは香港の代表的料理で、鶏の姿揚げを指す。油の中に入れるのではなく、熱い油を何度もかけて作る。「皮はパリパリ、お肉はジューシー」に仕上げるのが腕の見せどころだ。

「普通、コースの他に鶏とハタって注文する？」

　康平がいささか呆れ気味に言うと、瑠美は残念そうに顔をしかめた。

「私も友達も仲間内では一番大食いなのよ。十年前だったら、絶対完食できたのに」

「よし。じゃ、今度は万里とはなちゃんを誘って、四人でリベンジしよう」

「是非！」

　康平が生ビールのグラスを掲げると、瑠美は嬉しそうにカチンとグラスを合せた。

「ええと、今日は……」

乾杯が終ると、二人は額を寄せてメニューを覗き込んだ。

「枝豆のヴィシソワーズは外せないわね。それと……谷中生姜、カプレーゼ風サラダ、季節野菜の串揚げ」

瑠美が言葉を切ると、康平がすかさず後を続けた。

「鶏肉とピーマンとナスの味噌炒め。この、ラム肉のサテって、サテなんでしょう?」

「出ると思った、親父ギャグ」

「しょうがないだろ、オヤジなんだから。お前もあと十五年で仲間入りだ」

「ああ、お先真っ暗」

「東南アジア風の串焼きかしら?」

康平と万里の軽口ジャブをスルーして、瑠美が尋ねた。

「グリルじゃなくてフライパンで焼くんですけどね。雑誌で見たレシピが美味しそうだったんで」

羊の肉は世界中で食べられているから、東南アジアにも羊料理は沢山ある。

「漬けダレのレシピはカレー粉、ナンプラー、ニンニク、生姜、塩胡椒とレモン汁って感じ?」

「レモンじゃなくてヨーグルトでした」

「あ、良いわね。肉が柔らかくなって」

「おばちゃん、サイズはどれくらい？」

「焼き鳥くらいね。串カツよりちょっと小さめ」

「じゃあ、四本」

それから康平はカウンターの端にいる一子に顔を向けた。

「おばちゃん、今日、冷や汁ある？」

「ごめん。あれは来週から」

康平も瑠美も、冷や汁を素麵で食べるのが大好きだ。

「代りにマグロの漬け丼はどう？　良かったら途中から出汁茶漬けも出来るわよ」

康平はチラリと瑠美を見て、声に出さずに「どう？」と尋ねた。瑠美は二つ返事で大きく頷いた。

「おばちゃん、漬け丼二つ。出汁付きでね」

枝豆は塩茹でして食べるのが最もシンプルだが、クリームスープにしてもグリーンピースに劣らず美味しい。柔らかめに茹でて莢から出し、牛乳を加えてミキサーにかけ、バターを落としてコクをプラスし、塩胡椒で味を調える。

「味付け、コンソメ使いました」

万里は瑠美と康平の前にガラスのカップを置いた。今日は奮発して生クリームをひと匙トッピングした。薄緑色のスープと真っ白いクリームの配色が涼やかだ。

「ああ、夏ねえ」

ゆっくり啜って、瑠美が声を漏らした。

「おばちゃんとこの枝豆、今年は特に美味いね。出入りの八百屋さんが持ってきたの？」

「松原青果さん。すごく助かってるわ」

品が良くて値段もリーズナブルな上に、配達してもらえるのだ。

「はい、谷中生姜」

一子が康平と瑠美の前に谷中生姜の皿を置いた。

二人は同時に手を伸ばし、味噌を付けて囓った。すると爽やかな辛さが舌を刺激し、季節の恵みが口の中に広がって鼻に抜ける。一瞬の夏の香に幻惑されて、どちらからともなく目を細め、溜息を漏らした。

「ああ、生姜に味噌付けたくらいで、どうしてこんなに美味いんだろう」

「生姜だけじゃないわ。キュウリだって」

瑠美は改めて皿に残った生姜の葉に目を落とした。

「旬のお野菜って、手を加えなくても美味しいのよね。お魚も同じ。今までは深く考えなかったけど、春夏秋冬、海と山の幸に恵まれてるって本当にありがたいことだって、最近分ってきたわ」

一子は感慨深い顔で頷いた。

「当たり前のように食べている毎日のご飯が、別の国の人から見たら奇蹟に近い……。そんなことがあるなんて、つい最近まで考えたこともありませんでしたよ」

一子が山下智の話を思い出しているのだと、二三はすぐに分った。

「はなちゃんのお祖母ちゃんのお医者さん、訪問医になる前、NGOで何年もアフリカに行ってたそうなの。そこにいる間、トウモロコシの粉のお団子と淡水魚のトマトシチュー以外、食べたことがないって。世界というか、地球には色んな土地があるんだなって、ビックリしちゃった」

「日本は特に食材が豊かだもんな。世界中の料理が食えるし」

康平も感慨深げに呟いた。

「夕飯に何を食べるか悩むのは日本人だけだって、イタリア人が言ってたわ。イタリアじゃ普通の夕飯は煮込みかパスタかピッツァで、悩む必要がないって」

瑠美は以前にも同じことを言っていた。

「へい、サラダお待ち」

万里がカウンターにガラス皿を置いた。

プチトマト、モッツァレラチーズ、アボカド、ベビーリーフをマジックソルトとレモン汁、オリーブオイルで和え、仕上げに黒オリーブのスライスを散らしたサラダは、モッツアレラとトマトに敬意を表して「カプレーゼ風」と名付けた。

「赤と緑と白はイタリア国旗の色ね」

「これはスパークリングワインに合いそうだな。おばちゃん、ドン・ロメロ、グラスで二杯ね」

大好きなスパークリングワインを康平が注文したので、瑠美は嬉しそうに微笑んだ。

「串揚げってとこが良いね。一口サイズで食べやすい」

オクラ・プチトマト・ズッキーニの串揚げを手にした要は、プチトマトのフライをパクリと口に入れ、串から抜き取った。

例によって閉店時間の九時を過ぎてからの帰宅で、夜の賄いで遅い夕飯を食べている。

「ねえ、万里、どうせだからチーズも刺しちゃえば？　トマトと合うと思うよ」

「チラッと思ったけど、サラダと食材重なるからな」

「トマトとチーズの揚げ餃子も出す予定だから、あんまり一緒に使いたくないのよね」

二三はそう言ってラム肉のサテにかじりついた。カレー粉はナンプラーとも相性が良いらしい。それぞれ自己主張の強い香辛料と調味料なのに、ラムの肉質に溶け込むと、穏やかな味と風味に昇華していた。

「やっぱり、昔からラム食べてきた民族は考えてるわよね。魚を加工させたら日本が一番なのが良く分るわ」

「お母さん、テレビで観たんだけど、柿の産地で柿とチーズの揚げ餃子を作ってたよ。良さそうじゃない？」

二三は瞬間的に一子と万里の顔を見た。二人とも「柿とチーズ」に反応している。

「チーズは何？　クリームチーズ、プロセスチーズ、それともカマンベール？」

「覚えてない。でも、それ作ってたの地方の農家だから、普通のチーズじゃない？」

「頼りないなあ」

「おばちゃん、秋になったら試してみようよ。喰ってみて一番美味いチーズ使えば良いんだから」

「万里君、さすが」

万里は「それほどでも」と反っくり返ろうとしてカウンターに目を転じた。

「おばちゃん、スマホがピッて鳴ったよ」

「こんな時間に？」

二三は席を立ってカウンターの隅に置いたスマートフォンを手に取った。ショートメールが入っていた。

「あらあ」

メールを開いて、思わず声を上げた。一子と要、万里が一斉に二三を見た。

「アメリカに住んでる高校の同級生が帰ってきたんだって。急だけど、日曜に〝女子会〟やらないかって」

しかし日曜日はすでに、一子と食事に行く約束をしている。

二三の逡巡(しゅんじゅん)を察したように、すぐさま一子は応じた。

「行ってらっしゃいよ、ふみちゃん。あたしはアメリカに居るわけじゃないから、いつだって行けるし」

「ごめんね、お姑さん。彼女に会うの、かれこれ四十年ぶりで」

帰国した同級生とは高校の三年間同じクラスだった。特別親しかったわけではないが、懐かしさは大いにある。

二三の卒業した高校は同級生同士仲が良く、卒業三十周年の同窓会をきっかけにして年に一、二回、十人ほどで集まるようになった。しかし去年は流行病(はやりやまい)の影響で一度も〝女子会〟を開けなかったし、今年の〝女子会〟もまだだ。久しぶりに彼女たちの顔も見たい。

二三はスマートフォンに「行きます！」とメールを返した。

翌日、ランチタイム営業を終えて賄いを食べ終った頃合いで、「ごめんください」と三人の女性が入ってきた。店の外には「準備中」の札を出してあるので、お客さんとは思えない。

三人はいずれも四十手前くらいで、キチンとした服装をしていた。

「前もってご連絡もせず、突然伺って申し訳ありません。私たち、佃小学校の児童の母親なんです」

佃小学校は近くにある区立小学校で、明治に開校して現在に至っている。一子には息子と孫の、二三には夫と娘の母校であり、万里は自身が卒業生だ。今は近隣のタワーマンションや新興住宅地も学区に入り、児童数七百数十名の大所帯になっているが、懐かしさは変らない。

「まあ、とにかくお掛けください」

二三は万里と二人でテーブルをくっつけ、椅子を勧めた。そして素早く食器を厨房の流し台へ運んだ万里を呼び、一子と並んで腰掛けさせた。どうやら二三や一子個人ではなく「はじめ食堂」に用があるらしい。それならメンバー三人が揃って用件を聞く必要がある。

「私はＰＴＡの副会長をしております、徳井波満子と申します」

真ん中に座った眼鏡を掛けた女性が名刺を取り出すと、続いて左右の女性も名刺をテーブルに置いた。

波満子の名刺には「ロワール美容室　帝都ホテル店　店長」とあった。左の小太りの女性は「白樺女子学院中等部教諭　新村香恵」、右の髪をベリーショートにした女性は「『ＣＯＳＭＯＳ』副編集長　日渡むつみ」とあった。白樺女子学院は名門お嬢様学校で、「Ｃ

「ＯＳＭＯＳ」は〝意識高い系〟で有名な女性誌だ。

「実は私たちの子供は通級指導教室というクラスに在籍しています。発達障害などがあると診断された子供が通う学級です」

三人を代表して波満子が説明を始めた。

「発達障害には自閉症、アスペルガー症候群、学習障害、注意欠如・多動性障害などがありまして……医学的には知的障害を伴わない障害と定義されています」

波満子は一度言葉を切って、二三たちの顔を見た。正直、二三も一子も万里もその方面の知識に乏しく、発達障害とはどんな障害か、具体的にイメージすることが出来ない。

「コミュニケーション能力に障害があると思っていただけたら、分り易いかも知れません。物事の感じ方が周囲の人と違っていたり、言葉に出して伝える力がつたなかったり、感情の表し方が下手だったり……それで人間関係を上手く築けないんです」

「ああ、それでしたら、何となく」

二三が答えると、波満子はホッとした顔になって先を続けた。

「そういう子供たちは、実は所謂〝偏食〟が多いんです。好き嫌いやワガママで片付けられがちなんですけど、違うんです。あの子たちは発達障害によって感覚に偏りがあります。普通以上に敏感だったり、あるいは鈍かったりするので、食べられるものの種類が狭くなっているんです」

香恵とむつみも波満子の後に続いた。

「騒がしい場所にいると疲れてしまうとか、タグをすべて切り取らないと洋服が着られないとか、果物の粒が口の中で弾ける刺激に耐えられないとか、普通の人には気にならないことでも、もの凄く苦痛に感じるみたいなんです」

「予想のつかない出来事に出会うのも苦手なんです。だから馴染みのない食材や知らないメニューが食べられなかったりします。うちの子は予想と違う味だと食べられないと言いました」

波満子が悩ましげに眉をひそめた。

「中には食べ物に恐怖感や極度の不快感を感じる子供もいるんです」

二〇一三年に、発達障害のある高校生以上の一三七人に行われた調査では「見るだけで気持ちが悪くなったり恐ろしくなる食べ物がある」と答えた人が十九パーセント、「口に入れるだけで全身が苦しくなるほど不快な食べ物がいくつもある」は十四パーセントもいた。

「それは……悲惨ですね」

二三と一子、万里は思わず互いの顔を見合せた。三人とも、食べることは人生最大の楽しみと言っても良い。だからつい、食べ物に恐怖や不快感を感じる子供がいるとは、何と不幸なことだろう、とどうしても思ってしまう。

「皆さん、お子さんのご飯には随分と苦労なさってるんでしょうね」

一子が同情を込めて問いかけると、三人のPTA役員は「よくぞ言ってくれました」とばかりに大きく頷いた。

「そりゃあ、もう。うちの子は野菜と魚が全然食べられないんです。ご飯と肉と汁だけで……でも、それでは栄養が偏ってしまうので、何とか野菜を混ぜようと、考えつく工夫は全部試しました。野菜類は細かく刻んでハンバーグに混ぜたり、ミキサーにかけてポタージュにして青臭さや土臭さを抜いたり……。それなのに、ハンバーグの中に野菜が入っていると『どうして僕を欺(だま)すの？』って涙目で抗議するんですよ。もう、泣きたいのはこっちですよ」

「うちの子はツルリとした食感や、ねっとりした食感がダメなんです。キノコや豆はプラスチックを口に押し込められている感じで、吐きそうになるって。コロッケも衣だけ剝(は)がして食べるんですよ」

「うちの子は緑色の食べ物が気持ち悪いって言うんです。だから青物野菜は全部ダメで、白菜や青梗菜(チンゲンサイ)は芯(しん)だけです。あと、金属製の食器が苦手なんです。口に当たる冷たい感覚がイヤだって……。だから金属製のナイフやフォークやスプーンも使えないんです」

二三は同情に堪(た)えなかった。三人とも仕事を持って忙しいだろうに、子供の食事作りに人並み以上に時間と労力を注がなくてはならない。隣の一子を振り向くと、その横顔にも深い同情が溢れていた。

「あのう、それで、うちの店にはどういうご用件で？」

万里が遠慮がちに問いかけると、三人はハッとしたように居住まいを正した。

「実は、うちの店で偶然二年前の『アップタウン』のお宅様の記事を拝読致しました」

「アップタウン」は東京全域をカバーするタウン誌で、購読者数も多い。はじめ食堂は特集で取り上げられ、店の歴史を含めた丁寧な記事を載せてもらった。

「まさか身近に、こんな素晴しい店があるとは知りませんでした」

「もっと早く気が付いていれば良かったのに、もったいないことをしました」

香恵とむつみが褒め言葉で持ち上げてから、波満子が本題を切り出した。

「本日ははじめ食堂さんに、通級指導教室に通う親子向けの〝夏休み食育教室〟を開いていただけないかと、お願いに上がりました」

「しょくいく？」

二三も一子も万里も、あんぐりと口を開けてしまった。調理師免許は持っているが、栄養士の資格は誰もない。

「あのう、うちはただの食堂で、食育なんて大それたことは……」

みなまで言わせず、波満子は顔の前で大きく手を振った。

「堅苦しくお考えにならないでください。親子向けの料理教室を開いていただければ結構なんです」

「調理前の食材を見せて一緒に料理を作ることで、子供たちが『これは自分の知っている食べ物だ』と認識できれば、食べられるものの範囲が広がります」

「プロの方に教えていただくことによって、親もレパートリーが増えるし、新しい工夫が見つかると思います」

「何より、親子で一緒に料理に向き合うことで、少しでも食べることが楽しくなってくれれば……」

波満子も香恵もむつみも、その表情には〝ワラにもすがりたい〟気持ちが垣間見えた。

「正直、毎日が闘いみたいで、親も子も疲れ切っています」

「はじめ食堂さんの親子料理教室を通して、少しでも食事作りや食べることが楽しくなってくれたら、どれほど嬉しいか」

「どうか、お願いします。お力を貸してください」

一子は左右を見て、二三と万里の気持ちを確かめた。二人とも、大いに心を動かされているのが良く分った。

「私共でお力になれるなら、協力させていただきたいと思います」

一子がハッキリと答えると、三人のＰＴＡ役員はパッと目を輝かせ、同時に頭を下げた。

「ありがとうございます！」

一子は三人が頭を上げるのを待って、穏やかに言った。

「ただ、私共は教育の学者でもありませんし、発達障害についてはまったくの門外漢です。もしかしてまったくお力になれずに終るかも知れません。そのことはご承知おきくださいますか？」

「もちろんです！　私たちも重々承知しております」

波満子が言うと、香恵とむつみもそれぞれの思いを吐き出した。

「親も子も、これまで十年近く試行錯誤を繰り返してきました。その問題がたった一日で解決するなんて、あり得ないと思っています」

「それでもはじめ食堂さんに親子料理教室をお願いしたいのは、ざっくり言えば、煮詰まった親子の関係に新しい風を入れたいからです。直接料理作りのヒントにならなくても、体験を通して気持ちにゆとりが生まれたら、大成功です」

一子はもう一度二三と万里の顔を見て、しっかりと頷いた。

「分りました。出来る限りのことはさせていただきます」

「ただ、発達障害のお子さんの食についてはこれから勉強しますので、少しお時間をいただきたいのですが」

二三が付け加えると、三人は嬉しそうに微笑んだ。

「もちろんです。開催するのは夏休みに入ってからですので、時間は充分ありますから」

そして一様に笑みを収めると、波満子が言いにくそうに口を開いた。

「あのう、それで、謝礼のことなんですが」

「そんなお気遣いは無用ですよ。うちは子供と孫が通ってましたし、こちらの万里君は卒業生ですから」

一子に続いて二三が言った。

「ただ、教室で使う食材や調味料は各自用意してください。メニューが決まり次第、食材と分量を書いてお知らせします」

「ありがとうございます。ほんのお車代程度ですが、ＰＴＡからお礼させていただきますので」

それから三人は口々に礼を述べ、帰っていった。

「大変だなあ」

万里がしみじみと言った。マグロからシラスまで魚が一切食べられないので、身につまされたようだ。

「給食とか、苦労した？」

「そうでもない。給食は魚より肉の方が多かったし、学校も無理に食べさせるようなことはなかったから」

「すっかり遅くなっちゃったね。お疲れ様でした」

二三は椅子から立ち上がった。

「私たちの一存で引き受けちゃったけど、万里君は無理して参加しなくても大丈夫よ。せっかくのお休みつぶすことになるし」

「おばちゃん、俺だって佃小の卒業生だよ」

万里はドンと胸を叩くと、「ほんじゃ、お疲れっす」と手を振り、店を出て行った。

「そんなこと、考えたこともなかった」

瑠美はイェットのグラスを持ったまま、目を宙に彷徨わせた。隣では康平も考え深げに視線を落としている。

「教室に来る生徒さんも雑誌の読者さんも、基本、食べることが好きな人ばかりだから、食べるのが苦痛な人がいるなんて、正直、夢にも思わなかった」

その日の夜、七時を過ぎた頃連れ立ってやって来た二人は、佃小学校ＰＴＡからの依頼話を聞いて、驚きを隠せなかった。

「俺の同級生にも偏食とか食の細い奴はいたけど、それとはレベルが違うもんな。早い話、万里は魚喰えないけど寿司好きだろ？」

「回ってない店のは、特にね」

万里はフライパンを振るいながら答えた。魚は食べられないが、イカ・タコ・海老・ホタテ・イクラ・ウニなどの海産物、卵焼き・かんぴょう巻き・カッパ巻きなどは大好きだ。

「へい、お待ち」

万里は出来上がった青椒肉絲(チンジャオロース)を皿に盛った。今夜、康平と瑠美は他にルッコラのサラダ、アジの叩き、ズッキーニのチーズ焼き、新じゃがの揚げ煮を注文している。

「私、発達障害の子供が食べやすいレシピ、考えてみるわ」

「まあ、先生、それでなくてもお忙しいのに」

二三の言葉に、瑠美はきっぱりと首を振った。

「本当は、もっと早く気が付かなくちゃいけなかったんだわ。料理研究家として恥じ入るばかりよ」

「ありあとっす。先生が知恵貸してくれたら、百人力っすよ」

万里はアジの叩きの調理に取りかかった。今年から魚政の山手政夫(やまてまさお)の薫陶(くんとう)を受けて、アジや鯖(さば)なら三枚におろせるようになった。

刺身用の新鮮なアジを三枚におろしたら、とげ抜きで血合い骨を抜き、皮を剥がす。刺身で食べるときはこの一手間が欠かせない。

アジの身を細切りにしたら、茗荷と長ネギのみじん切りと梅肉ソースで和える。ソースの中身は梅肉とゴマ油、みりん、醤油(しょうゆ)少々。

「うま！」

一口食べた康平が目を見張った。

「ゴマ油と梅肉が利いてるわ。それにアジが新鮮で、美味しいこと」

瑠美も万里に賞賛の眼差しを向けた。

「瑠美さん、ここは日本酒行かないともったいないよ」

「賛成」

「おばちゃん磯自慢の大吟醸あったよね。あれ、一合」

康平は伸び上がって注文を告げると、瑠美に顔を戻した。

「磯自慢は静岡の酒だから、青魚には抜群に合うんだ」

冷蔵庫から磯自慢の瓶を取り出し、二三は素早く一子と万里を見た。二人共、二三と同じ期待を抱いている。瑠美が知恵を貸してくれたら、料理教室はきっと上手く行くだろうと。

「先生、お力添え、よろしくお願いします」

二三は磯自慢のデカンタを手に、瑠美に頭を下げた。

学生時代の友人とは不思議なもので、何十年会っていなくても、会った途端に〝あの時〟の気持ちになれる。

「保谷さん、全然変らないね！」

二三は四十数年ぶりに再会した保谷京子がひと目で分った。

「クラちゃんも！」

京子は二三を学生時代のあだ名で呼んで微笑んだ。旧姓倉前だったので〝クラ〟とか〝クラちゃん〟と呼ばれていた。

「それなのにお互いセーラー服が似合わなくなったのは不思議だよね」

派手な笑い声が弾けた。

二年ぶりの〝女子会〟の会場は、錦糸町の海鮮居酒屋だった。母校が近くにあるので、集まるのも自然と錦糸町になる。

「保谷さん、日本にはいつまでいられるの？」

尋ねたのはいつも幹事役を引き受けてくれる〝リンダ〟こと旧姓林田朱美だった。

「一応、三ヶ月の予定」

「それじゃ、ゆっくり出来るわね。向こうに帰る前に、もう一度集まろうよ」

同じく幹事役の〝イブ〟こと旧姓伊吹早苗が言った。

「実はね、向こうの家の整理がついたら、日本に帰ってこようと思ってるの。去年連れ合いが亡くなってね。そしたら、急に里心がついたみたいで」

同席していた十人の同級生は、一様に言葉を失った。

「心臓の病で三年間闘病した末だから、夫婦ともそれなりに覚悟は出来ていたの。だからショックで打ちひしがれてるわけじゃないけど、このままアメリカで歳取って、八十、九十になると思うと、やっぱりね。今は良いのよ、現役で仕事してるから。でも、リタイアしてアメリカで一人で生きるのは……私には無理だと思った。子供もいないしね」

一同はその言葉に深く共感した。老いを迎える身で伴侶と仕事を失い、一人で異国に暮らすのは、随分と寂しいことだろう。

「だから、これからは〝女子会〟にも参加させていただきたいわ。どうぞよろしくお願いします」

笑顔で頭を下げた京子に、一同は拍手を送った。

保谷京子は東大に現役合格した。卒業後は大学院に進み、さらにアメリカの名門大学に留学して、そこで知り合った学者と国際結婚した。自身も学者として認められて大学で講義を持っていると、二三は風の便りに聞いたことがある。高校時代から試験の成績は常にベストテンの上位に入っていた。成績学年三十位以内の生徒は名前が廊下に張り出されたのだが、二三は一度も入ったことがない。

そんなわけでクラスメートは全員京子に一目置いていて、一人だけあだ名ではなく〝保谷さん〟と敬称付きで呼ばれていた。本人がつんけんしていたわけではないが、いつも物静かで思慮深く、アイドルやマンガの話題でキャーキャー騒ぐタイプでなかったことは確かだ。

しかし、還暦を過ぎた京子は偉ぶったところも気取ったところもまるでない、何処にでもいそうな〝おばさん〟だった。これまで高校時代の同窓生とは疎遠だったのに、今回は自分からリンダに連絡してきたという。きっとゆっくり時間をかけて、自らを日本の生活に慣らして行くつもりなのだろう。

「実は、来年から講座を持たないかって、日本のいくつかの大学から声がかかってるの。日本でも仕事が続けられたら、ラッキーだわ」

「すごい。やっぱりちゃんと学問した人は違うわね」

イブが素直に賞賛を口にした。

「すごくないわよ。他に夢中になれることがなかっただけ」

京子は真摯な態度で答えた。

「だから、年頃になってもおしゃれも下手だし、趣味は狭いし、料理もダメで……」

「料理だったらクラが一番よ。何しろ今はお料理屋さんを経営してるんだから」

リンダが言うと、京子は「まあ」と驚いて二三を見た。

「料理屋じゃなくて、食堂兼居酒屋」

「でも、タウン誌でも紹介されたのよ。地元で大人気ですって」

「すごい。一度行ってみたいわ」

「全然普通の店だから、ガッカリするかも」

二三は一応謙遜したが、つい口を滑らせた。

「でも、この前、近所の小学校のPTAから依頼があってね」

発達障害の子供たちのための食育の話をすると、同級生たちは驚いて顔を見合せ、目に同情の色を浮かべた。

その中で、京子はやや憤然として言った。

「私、その子たちの気持ちが良く分るわ。食べられないものを無理矢理食べろって強制されたら、給食の時間が楽しみじゃなくてトラウマになってしまうのよ。私は牛乳がダメだった」

「アレルギーか何か？」

二三が聞くと、京子は首を振った。

「残念ながら、違うわ。カフェオーレやミルクココアは大丈夫。でも、白い牛乳は飲めない。クリーム煮や乳製品は大好きなのに、白いままの牛乳は飲み込むと瞬間的に吐いてしまうくらいで、まるで受け付けないのよ」

京子は口惜しそうに唇を歪めた。

「それでもアレルギーじゃないから〝ワガママ〟だって決め付けられて、給食が終ったあとも教室に残されて、帰してもらえなかったわ。小学校一年の子を、毎日六時間目の授業が終るまで、一人で居残りさせるのよ。そして最後は流しに連れて行かれて、鼻をつまんで無理矢理口の中に流し込まれた。私、その度に吐いてしまって……もう、給食は完全に拷問だったわ」

「今なら完全に人権侵害ね」

「教師のパワハラよ」

　リンダもイブも呆れて声を上げた。

「牛乳っていうのが悲劇だったわね。トマトやピーマンや椎茸なら毎日出るわけじゃないし、ひと月に何回か我慢すれば済んだのにね。納豆や牛肉なら、そもそも私たちの頃は給食に出なかったし」

　二三が言うと、京子は大きく頷いた。

「親も抗議してくれたんだけど、昔はとにかく先生が強いでしょ。『特別扱いは出来ません』のひと言で門前払いよ」

　京子はジョッキに残っていた生ビールを飲み干した。

「でも、一年の終りに担任が産休に入って代理の先生がきたの。当時の私にはお爺さんに見えたけど、今の私たちより若かったかも知れない。その先生が良い人で『コーヒーやココアを混ぜれば飲めるなら、持ってきて入れて構わない』って言ってくださったの。私、小学校に入ってから初めて学校が楽しくなったわ」

「その先生が正しいわ。それが教育ってもんよ」

二三が言うと、同級生たちは大きく頷いた。

しかし産休が明けて担任が戻ると、京子にはまた地獄が始まった。

「結局、同級生も私が毎日遅くまで残されて、担任にいびられてる姿を見るわけでしょ。そうするとみんな私を〝問題児〟っていう目で見るのよね。『だからあの子はいじめても良い』ってお墨付きが与えられたのと同じよ。私、未だに小学校の同級生とは、顔を合せるのもまっぴらだわ」

京子の目が潤んだのを見て、二三は正直ギョッとした。小学校時代の心の傷が、還暦を過ぎても癒えていないのだ。

「四年生で担任が変ったけど、私の問題児扱いは前任者から引き継がれて、いじめも続いてた。六年生の時、別の学校から転任してきた先生が担任に代ったの。その先生は『食べられないものを無理に食べる必要はありません』って言ってくださった。それから卒業まで、どれほど安らかな気持ちで学校へ行けるようになったか、分らないわ」

京子はそこで一息入れて、同級生の顔を見回した。

「小学校の頃の写真を見るとね、それまで本当に暗い顔をしていたのが、六年生になるとパッと明るくなってるの。担任教師の胸先三寸でこれほど子供の人生が変るものかって、本当に恐ろしくなるわ。産休の代理の大久保先生と六年の担任の田代先生は、人生の恩人よ」

同級生は一様に頷き、深い溜息を漏らした。

「保谷さんにそんなつらい体験があったなんて、驚いた」

「何でも出来るスーパーレディだと思ってたのに」

しかしこの告白によって、同級生たちがこれまで以上に親近感を感じたことは間違いない。

京子は二三の目を見つめた。

「クラちゃん、発達障害で偏食のある子供に必要なのは、美味しく食べられる食事と、もう一つは楽しく食べられる環境よ。周りの大人が『食べられなくても良いんだよ』って言ってあげるだけで、食べられない子供は救われる。食育の授業では是非、そのことも忘れないで教えてあげて」

「うん。肝に銘じるわ」

京子が差し出した握手の手を、二三はしっかりと握った。

はじめ食堂は土曜日のランチは休みで、営業は夜だけだ。

その週、いつものように夕方店を開けると、ほどなく女性のお客さんが入ってきた。

「保谷さん！」

「こんばんは。来ちゃった」

京子は入り口に立って店の中を見回している。二三はすぐに駆け寄って、カウンターの隅にいる一子を振り向いた。

「お姑さん、話したでしょ、高校の同級生の保谷さん」

そして京子にも一子と万里を紹介した。

「アメリカの大学で先生をしてらっしゃるんですね。ご立派なお仕事で」

「とんでもない。同級生のよしみで買いかぶっていただいたんですよ」

京子は笑顔で答えてから、二三の耳に口を寄せて囁いた。

「お姑さん、すごい美人ね。ビックリした」

「でしょ。往年の佃小町よ」

どこでも好きな席に着くように勧めると、京子は二人掛けのテーブルに腰を下ろした。

二三はおしぼりとお通しを運んで、壁の品書きを指さした。

「お飲み物、ビールとサワー、それにスパークリングワインもあるわよ」

「夏みかんのフローズンサワーにしようかな。夏みかんなんて、ずっと食べてないもの」

京子はお通しの皿に目を落とした。今日はそら豆だ。一粒口に入れて、京子は頬を緩めた。

「ああ、そら豆の季節なのよねえ」

それからメニューを開いて品書きに目を落とし、悩ましげに呟く。

「全部美味しそうね。罪だわ」

一子はそっと二三に耳打ちした。

「お客さん来るまで、座ってなさいな」

「ありがと。お言葉に甘えて」

二三は京子のテーブルに夏みかんサワーを運ぶと、向かいの席に腰を下ろした。

「良かったら料理、お任せで見繕いましょうか？」

「そうね。その方がありがたいわ」

「茹でインゲンの生姜醤油、谷中生姜、アスパラのチーズ焼き卵載せ、うちの名物鰯のカレー揚げなんて、どう？」

「ステキ。お願いします」

万里がすぐに谷中生姜と茹でインゲンの生姜醤油の皿を運んできた。そして二三の前には生ビールのグラスを置いた。

「はい、おまけ」

「ありがと、万里君」

二三はグラスを上げて、京子と乾杯した。

「最近はアメリカでも日本食が食べられるんでしょ？　お寿司屋さんとラーメン屋さんは結構あるみたいだし、ちょっと前は枝豆がブームになったって聞いたわ」

「うん。私が住んでるのはボストンで、あんまり大きな街じゃないけど和食のレストランもあるわ。『oya』(オヤツ)って店は日本の職人さんがいて、本格的なお寿司が食べられるのよ。でもね……」

京子は切なそうに溜息を吐(つ)いた。

「結婚して初めて知ったんだけど、テッド……亡くなった旦那(だんな)の名前、エドワード・ウィルソンって言うの……家が結構旧家で金持ちでね、家にメイドさんとコックさんがいたのよ」

「すごい！　少女マンガの世界じゃない。わたなべまさこの『ガラスの城』って知ってる？」

「マリサとイサドラでしょ」

二三は勉強ひと筋だと思っていた京子が、かつての人気マンガを知っていることに嬉しい驚きを感じた。

付け加えれば、京子は頰骨が高くエラの張った輪郭で、目はやや吊(つ)り上がり気味の一重まぶた、唇はぽってり厚い。日本人から見れば美人とは言えないのだが、実は西洋人がアジア女性に求める美の基準にはピタリとはまっているのだ。二三はそれを大東(だいとう)デパートのバイヤー時代、ファッション関係の欧米人と接して知った。だから京子がアメリカで『玉の輿(こし)』に乗ったことは、不思議でも何でもなかった。

「私も最初は大喜びだったわ。家の用事何もしないで、ひたすら研究に打ち込めるわけだし。でもねえ、人を使うって気を使うのよ。彼は生まれてからずっとそういう生活してるから平気だったけど、私、突然でしょ。もう、本当に気疲れしちゃって」

京子はまたしても溜息を吐いた。

「特にコックさんはプライド高いのよ。毎日ちゃんとした料理を作ってくれるわけ。だからたまにもろきゅうや冷や奴や冷やしトマト食べたいと思っても、そんなものリクエストできないのよ。だって料理じゃないから」

京子は谷中生姜に味噌を付けて齧り、嬉しそうに目を細めた。

「こういうの、向こうじゃ食べらんないのよね。お寿司屋さんはあるけど、普通の家庭料理の店ってなくて」

十年前に夫の両親が亡くなった時点で、使用人には退職してもらったという。遺言状にはちゃんと使用人分の遺産も明記されていたので、それが退職金になった。

「なるほど。外国映画でたまにそういうシーン、あるわ」

「ただ、私も料理得意じゃないから、結局夕飯は二人で外食になったわね。昼はお互い学校があるから、結婚以来ランチはほとんど外食だったけど。時々、私が毎日家でヘルシーな料理を作って、ランチもお弁当持たせていれば、彼はもう少し長生きできたんじゃないかって考えることがあるわ」

「そんなこと考えちゃダメよ」

二三はきっぱりと言った。

「人の生き死にって、運命なのよ。人間の力では変えられないことなのよ」

働き盛りの夫を突然失った体験から、二三はそう信じている。

「そうよね。私も頭では分ってるんだけど、つい」

考えてみれば京子は昨年夫を喪ったばかりだ。悲しみや未練はまだ生々しいのだろう。

「おまちどおさまでした」

万里がアスパラのチーズ焼き卵載せを運んできた。皿には切り分け用にナイフとフォークも添えてある。

「この後、鰯のカレー揚げになりますが、ご飯と味噌汁、お新香のセットは如何(いかが)ですか？」

「お新香は瓜の印籠漬けになります」

一子が口を添えると、京子の目が輝いた。

「いただきます！」

そして鼻の穴を膨らませて、こんがり焼けたチーズの匂(にお)いを吸い込んだ。

「次、お酒、何が良いかしら？」

「スパークリングワインもあるんだけど、せっかくだから日本酒は？　今日は而今(じこん)が入ってるの。大人気でなかなか手に入りにくいんだけど、洋風の料理と相性が良いのよ」

「それじゃ、是非」

二三は席を立ち、而今のデカンタとグラスを手に戻ってきた。

グラスを傾けた京子は目を閉じて、口に含んだ酒をゆっくりと飲み下した。

「……美味しい。お酒は詳しくないけど、分るわ」

京子は半熟卵にナイフを入れ、アスパラの上に黄身を流した。

「最近はアメリカのレストランでも日本酒を置く店が増えたけど、やっぱり日本で呑むお酒は違うわね」

二三は京子が日本に永住帰国すると言ったことを思い出した。

「立ち入ったことを伺うけど、日本でのお住まいとか、もう決まってるの？」

「まだ、全然」

京子はアスパラを切る手を止めて、思案顔になった。

「父は五年前に亡くなって、母は介護施設に入所していて、実家は弟一家が住んでるの。だから新しい住まいを探さないといけないんだけど……日本にいる間に不動産屋を回らないとね」

「うちの近所のタワマンなんてどう？」

二三はつい思いつきを口に出した。

「ここら辺、商店街もあるし築地や銀座も近いし、便利で良いわよ。聖路加病院だって川一つ向こうだし」

「……そうね」

京子の顔はにわかに真剣みを帯びた。

「ここは二十三区の中央ですもんね。来年どの大学で教えることになっても、都内なら一時間以内で行けるし」

その時、康平と瑠美が入ってきた。

「こんばんは」

「いらっしゃい」

二三はあわてて椅子から腰を浮かせ、京子に「じゃあね」と挨拶(あいさつ)してカウンターに引っ込んだ。

「小生二つ」

康平が指を二本立てた。今日は昼から気温が上がって、汗ばむ陽気だった。

「生ビール日和(びより)よね」

瑠美がおしぼりを使いながら康平に言った。

「二三さん、枝豆下さい」

そら豆も良いが、ビールにはやっぱり枝豆が似合う。

「はい、ただいま」

二三は大急ぎで生ビールと枝豆を出した。

「食育のメニュー、何か考えました？」

乾杯を終えてから、瑠美が尋ねた。

「まだラフですけど、豆腐を使おうかと思ってるんです」

「豆腐ハンバーグとか？」

「はい。それと飛竜頭(ひりゅうず)や、シンプルに餡(あん)かけ豆腐とか」

飛竜頭とはがんもどきのことで、マッシュした豆腐に具材を混ぜて揚げたものだ。

「親子で一緒にお豆腐をつぶして、色々な具材を混ぜて形を作るのは、泥遊びみたいで楽しめるんじゃないかと思うんです。調理法も焼く、揚げる、蒸すの三種類。親子であれこれ試す中で、お子さんが食べられるものを発見出来ないかと思いまして」

「それ、良いと思うわ」

「先生は、何か？」

「私ね、餃子はどうかと思って」

瑠美は枝豆を莢から出して口に入れた。

「発想は二三さんと一緒。親子であれこれ材料を混ぜて、それを皮に包む。調理法は茹でる、焼く、揚げるの三種類で食感を変えれば、ツルツルもちもちが苦手な子も、パリパリが苦手な子も、食べられるんじゃないかと」

「良いですね！」

二三は声を弾ませた。大切なのは子供にしっかりと原材料を確認させて、それが料理に仕上がる工程を体験させることだ。そうすることで未知のものへの不安を減らし、親しみを感じられる食材と料理を少しずつ増やしてゆけるだろう。

「餃子ならスイーツ系も作れますね。果物、チーズ、チョコレートなんかを使えば」

「そう、そう」

瑠美も目を輝かせている。

「この線で、他の料理も考えてみるわ」

二三はふと、要の言っていた「柿とチーズの揚げ餃子」も候補に入れようと思った。

「発達障害と偏食について、ちょっと調べてみたの」

瑠美はカウンターの下に置いたショルダーバッグを開き、中からクリアファイルを取って二三に手渡した。

「この中に書いてあったんだけど、発達障害の子供は、今は食べられないものでも将来は食べられるようになる可能性がある。だからその可能性をゼロにしないでほしいって」

「一口チャレンジするチャンスを奪わないってことですね」

「ええ。でも、そういう子供たちにとっての一口は、スプーン一杯じゃ多すぎる、耳かき一杯と考えてくれって」

二三は改めて自分の考えの甘さに気付かされた。やはり食べられる者は、食べられない者の気持ちを容易に理解出来ないようだ。

「でもね、その耳かき一杯、二杯が、子供たちにとっては大きな自信に繋(つな)がるんですって。ある意味、感動的じゃない？」

そして救いでもある。ほんの小さな可能性が次に繋がることが。

「先生のお話を伺って、ますますやる気が湧いてきました。食育教室、頑張ります！」

隅のテーブルに座っている京子にも二三の声は届いた。

その夜、はじめ食堂に集う人々には、食育教室の成功を祈る気持ちが溢れていた。

第二話

空き家とタコライス

七月に入るといよいよ夏も盛りとなる。初旬はまだ梅雨が残っていてすっきりしないが、中旬以降は日差しが肌を刺すように強くなる。

ここ、はじめ食堂でも冷たいメニューが大活躍だ。冷やし中華、冷やしナスうどん、冷やしとろろ蕎麦、各種のぶっかけうどんと素麵、冷製パスタ。すべて単品はワンコインで提供しているが、二百円プラスで小鉢二品と味噌汁、漬物、サラダが付く。

女性のお客さんは圧倒的に〝定食セット〟で注文する人が多い。美容のためにサラダを欲する心理だろうか。

「蒸し鶏の冷やうどん、セットでね!」

すっかりご常連になったワカイのOLが声を張った。

「蒸し鶏セット一つ!」

二三もカウンターを振り向いて注文を通す。

鶏モモ肉に塩と日本酒、生姜の薄切りをふりかけて蒸し、冷蔵庫で冷やす。これは前日に仕込んでおく。冷たいうどんに冷たい塩味の中華スープをかけ、蒸し鶏、白髪ネギ、千切り茗荷をトッピングして出来上がり。サービスでレモンのくし切りを添えてある。

　そして余った蒸し鶏は〝若鶏の冷製中華蒸し〟として、夜のメニューに変身する。冷えてゼリー状に固まった生姜風味の蒸し汁も〝ジュレ〟として出番が回って来るので、まことに無駄がない。

「サッパリしてツルツルで、食べやすいね」

　うどんをひと箸啜って、OLが向かいの同僚に言う。同僚は本日の日替わりの一品「夏野菜のチャンプルー」を食べている。

「これもご飯が進む」

「ゴーヤチャンプルーとどう違うの？」

「肉にしっかり味が付いてて、もうちょっと濃厚な感じ」

　その言葉を耳に挟んで、二三は「やったね！」と心の中で快哉を叫んだ。豚コマは前日から生姜味噌に漬けておいたので、味噌のコクと生姜の風味がしっかり染みている。おまけに味噌には肉を軟らかくする酵素がある。この一手間を分ってもらえると、料理人は本当に嬉しい。

　本日のはじめ食堂のランチメニューは、日替わりが夏野菜のチャンプルーと串カツ（鶏肉と長ネギ）、焼き魚が文化鯖、煮魚がカジキマグロ。ワンコインが蒸し鶏の冷やうどん。

小鉢は冬瓜と厚揚げの煮物、ピリ辛こんにゃく。味噌汁はナス、漬物は瓜の印籠漬け。これにドレッシング三種類かけ放題のサラダが付いて、ご飯味噌汁はお代わり自由。一人前七百円は特別安くはないが、銀座の一等地で同じメニューを出したら倍はするはずと、二三は信じている。

「おばちゃん、明日のワンコイン、何？」

蒸し鶏の冷やうどんを単品で注文したご常連のサラリーマンが訊いた。単品注文専門だが、いつも五、六分で完食して席を立ってくれるので、とてもありがたいお客さんでもある。

「新作。納豆のビビン麺風うどん」

「何、それ？　〝納豆の日〟はとっくに終っちゃったよ」

七月十日は知る人ぞ知る〝納豆の日〟である。実は二三も先週まで知らなかった。

「たまたまスーパーに置いてあったパンフレットに載ってたのよ。夏だし、辛いもんと納豆でスタミナつくかなって」

「良いけど、いきなり納豆でだいじょぶ？　まずは普通のビビン麺やったら？」

「そうねえ……」

二三は思わず考え込んだ。もう納豆は買ってしまったが、明日の小鉢に利用できる。納豆の代りに今日の味噌漬け豚コマの残りをトッピングすれば、正統派ビビン麺に近づくだろうか？

「おばちゃん、串カツ揚がってるよ！」

「は～い！」

万里（ばんり）の声であわてて〝思考〟を中断し、カウンターにとって返して定食セットの盆を運んだ。

「そりゃ、やっぱりそのお客さんの言う通りよ。初めてのメニューやるんなら、まずはスタンダードから始めた方が安全だわ」

野田梓（のだあずさ）はそう言って冷たいうどんを啜った。

「これ、イケる！　夏にピッタリ」

「そう言えば、ビビンバは前にワンコインでやりましたよね」

串カツにポン酢をかけながら三原茂之（みはらしげゆき）が言った。蒸し鶏の冷やうどんにも大いに心惹（ひ）かれた様子だが、夕飯はほとんど毎日麺類なので、串カツ定食を選んだ。

「僕は納豆も合うと思うけど、ビビン麺にこの肉が載ってたら、良いですよねえ」

三原が箸でつまんだのは夏野菜のチャンプルーの豚コマだ。今日も二人には小鉢で〝お味見〟をサービスした。

「考えてみれば、お宅は韓国料理系はあまり出さないわよね。キンパは食べたけど」

キンパは韓国式海苔巻きで、はじめ食堂は月に一、二度、テイクアウト用に沢庵巻きを作る。

「そうでもないわよ。冬には参鶏湯もやったし、小鍋立てでチゲも出したし」

万里がパチンと指を鳴らした。

「そうだよ。今にして思えば藤井くんがブレイクしたとき、うちも豚キムチうどんを出せば良かった」

「やっぱり、あたしが古いんでしょうねえ」

一子が浮かない顔をした。

「昼間にニンニクの入った物を食べると、仕事に差し支えるんじゃないかと。……あたしの若い時分は『ニンニク臭い』って、嫌われたから」

「あら、今だって気をつける人は気をつけてるわよ」

梓があわてて言い足した。

「先週うちの店に見えたイケメン俳優さんは、キスシーンの撮影があるときは三日前からニンニクもネギもニラも納豆も、臭いのするものは一切食べないんですって」

「いや、僕だって現役時代は、餃子を食べるのは休みの日と決めてましたよ」

三原は帝都ホテルの元社長、現特別顧問である。

「僕だけでなく、同僚も部下も先輩もみんなそうでした。ホテルマンは接客業ですからね」

実はホテルマンは坊主頭にしない。お客さんに威圧感を与えてはいけないという配慮から、短髪は良くても坊主はご法度なのだ。

「でもさ、うちのランチは基本的に日本料理だから、一品くらいニンニク利かせたメニューがあっても悪くないっしょ。ダメな人は注文しないし」

万里の言葉に、二三は一子を振り返った。

「冬になったらランチで参鶏湯やチゲ、やってみようか？　豚汁も人気だし、受けるんじゃないかな」

「そうね。あったまるし」

一子はあっさり同意した。

「豚キムチうどんは？」

「それはこれからの藤井くんの活躍次第よ。どんどんタイトル獲得して、豚キムチうどんブームを巻き起こしてくれたら……」

「甘い！」

梓は人差し指で一刀両断する真似をした。

「藤井くんはこれからじゃんじゃんタイトル戦に出場するから、会場も一流ホテルや名旅館よ。豚キムチうどんはメニューにないわね。それに将棋会館に出前してたお店、閉店しちゃったもの」

一九八二年の創業以来、棋士はもとよりご近所の人々からも愛された蕎麦屋みろく庵(あん)は、入居していたビルの建替え計画に伴い、惜しまれつつ三十七年の歴史に幕をおろした。

「ま、ゆっくり考えよう。冬まで時間はたっぷりあるし」

一子はそう言って確認するように二三と万里を見た。二人とも異論があるはずもなく、洗い物を片付け始めた。


午後四時半、万里がはじめ食堂に出勤してきた。これから夜営業の準備が始まる。

「後藤(ごとう)さんの家、誰(だれ)かに貸すのかな」

万里は前掛けを締めながら何気なく言った。

「帰りにチラッと見たら、あそこの路地、引っ越し屋みたいな車が停(と)まってた」

万里の住むマンションは後藤の家の隣の区画にある。はじめ食堂のある佃(つくだ)大通りに出る際、ちょっと横を向けば後藤家の面した道が見通せる。

「今月で一周忌だものね。いつまでも空き家にしておけないんだろう」

一子はオクラに塩を振って板ずりを始めた。

「早いもんね」

二三はまな板に赤と黄色のパプリカを載せた。これからオイスターソースに漬けておいた合挽き肉を使い、肉巻きの下ごしらえだ。玉ネギのみじん切りと卵を混ぜてあるので食感が柔らかく、肉団子や麻婆豆腐にも使えるし、カレー粉を加えてキーマカレーも出来る。巻く具材はパプリカとオクラで、切り口は赤黄に緑と、見た目も良い。

「渚さん、いずれはこっちに帰ってくるのかしら？」

「さあ。政さんなら知ってるかも知れないけど」

後藤輝明は元警察官で、無口だが気持ちの優しい、誠実な人柄だった。魚政の大旦那山手政夫とは小学校と中学校の同級生で、現役を引退してからは御神酒徳利のようにつるんでいた。山手の影響ではじめ食堂のご常連になり、社交ダンスも習うようになった。

充実した隠退生活を送っていた後藤だが、昨年七月、脳梗塞の発作に襲われて急死した。それまで二回発作を起こしたことがあったので、三回目は避けられない運命だったのかも知れない。

一人娘の渚は大月という銀行員と結婚し、花音という娘を授かった。夫の転勤により現在は家族で大阪で暮らしている。

後藤の死は謂わば突然死だったので、渚は気持ちの整理が付かないらしく、家は後片付けもほとんど出来ていない状態だ。つまり一年も空き家のままになっている。親友の山手が鍵を預かっていて、月に二、三回、空気を入れ換えに立ち寄っているというが。

「でも、まあ、借り手が見つかったなら結構なことよ。空き家のまんま置いとくと、家も傷むしね」

そんなことを話しながら準備をするうちに時計の針は五時半を指した。夕方の営業の始まりだ。

開店から十分ほどで最初のお客さんが入ってきて、小一時間もするとテーブル席は埋まっていた。今日も大入りが期待できそうだ。

「こんばんは」

辰浪康平と菊川瑠美が入ってきた。二人とも真っ直ぐカウンターに進んで腰を下ろした。

「小生二つ」

注文すると、康平はおしぼりで顔を拭いた。今日は夕方から急に蒸してきた。瑠美もバッグから扇子を取りだしてパタパタと扇いでいる。

「いや〜、まさにビール日和」

康平と瑠美はカチンとジョッキを合せると、ものも言わずに三口ほど飲んだ。ジョッキをおろしたときは二人とも上唇に白いヒゲが付いていた。

「万里、今日のお勧めは？」

お通しの枝豆を口に放り込んで、康平がカウンターに訊いた。

「タコとホタテのカルパッチョ、マグロとオクラの香味和え、冬瓜と鶏肉のさっぱり煮、夏野菜のチャンプルー、オクラとパプリカの肉巻き。こんな感じかな」

「全部！」

威勢良く言って、瑠美は康平の顔を覗き込んだ。

「大丈夫よね？」

「もちろん」

康平はニヤリと笑って万里を見た。

「量は加減してよ、シェフ」

「任せなさいって」

マグロとオクラの香味和えは、スーパーのパンフレットに載っていた。茹でたオクラとマグロのブツをゴマ油と醤油、生姜のみじん切りで和えただけだが、納豆やとろろ芋がマグロと合うように、オクラも相性が良い。何より旬の野菜との組み合せは季節感がある。

そして二三の発案で、マグロは生姜醤油で漬けにした。漬けにした方が生のブツと和えるより、ずっと味が馴染むのだ。

最初のひと皿はうんと冷やした冬瓜と鶏肉のさっぱり煮。これはサラダ油・酢・スープの素に漬け込んだ鶏肉を使うのがミソで、ほどよい酸味と塩味がいかにも夏向きだ。

「冬瓜も万能よね。肉・魚介・野菜、何と合せても喧嘩しないし」

「明日はタコと冬瓜の冷やし鉢っすよ」

「それも良いわね。夏らしくて」

さっぱり煮を食べ終えると、次はカルパッチョと香味和えが登場した。

今日のカルパッチョはタコとホタテの薄切りにマジックソルト・オリーブオイル・白ワインビネガーを振りかけ、イタリアンパセリとレモンを飾った。ハーブの香りが爽やかで、これも夏に相応しい味わいだ。

「え～と、カルパッチョでスパークリング、マグロで日本酒に切り替えようか？」

「そうね」

康平と瑠美は料理だけでなく、酒も息がピッタリ合ってきた。

「おばちゃん、イエット、グラス二つね」

「は～い」

二三はテーブル席に料理の皿を置いて振り返った。

そのタイミングで入り口の戸が開き、山手政夫が入ってきた。

「いらっしゃい！」

「おう」

康平がカウンターから手を振った。

「おじさん、こっち」

山手は椅子一つおいてカウンターに座った。カップルに遠慮しているのかも知れない。

「おじさん、今日、烏骨鶏の卵あるよ。何か作ろうか？」

万里がカウンターから首を伸ばした。山手は三代続いた魚政の大旦那だが、一番好きな食べ物は卵なのだ。

「そうさなあ……」

山手はおしぼりを使いながら首をひねった。飲み物は生ビールの小ジョッキだ。

「シンプルにオムレツかスクランブルでも作ろうか？　茹で卵とか落し卵も出来るよ」

「じゃあ、せっかくだからオムレツにするかな。中身抜きで」

「へい、毎度」

二三は山手の前に生ビールのジョッキを置いた。

「後は冬瓜と鶏肉のさっぱり煮がお勧め。冷たくて美味しいわよ」

「ああ、それももらおう」

二三がカウンターから引っ込むと、今度は一子が顔を出した。

「政さん、後藤さんのお宅、どなたか借り手が見つかったの？」

「いいや。聞いてねえ。どこでそんな話を？」

山手は腑に落ちない顔で問い返した。

「万里君が今日の午後、家の前に引っ越し屋さんの車が停まってるのを見たって」

「いや、引っ越し屋みたいな車だって思っただけで、業者の名前は見てないんだけど」

山手はますます訝しげに眉をひそめた。

「先週、一周忌は大阪でやるって電話があったばっかりだ。その時はあの家を人に貸すとか、ひと言も出なかったけどな」

一子も不審そうに首を傾げた。

「それはおかしいわね。もし人に貸すなら、政さんに知らせないわけは……」

一子と山手は黙って顔を見合せた。そして二呼吸ほどすると、二人の顔にハッキリと疑惑の陰が浮かんだ。

山手はポケットからスマートフォンを取り出し、画面をタップして耳に当てた。

「……ああ、渚ちゃん、魚政の山手だ。藪から棒にすまんな。お父さんの家、誰かに貸すことに決まったのかい？」

一子は思わず山手のスマートフォンに耳を近づけた。スピーカーから、渚の声が漏れてくる。

「いや、今日の午後、引っ越し屋みたいな車が家の前に停まってたそうなんだ。だからてっきり……」

山手と渚の遣り取りは緊迫の度合いを増した。山手の引き締まった表情と真剣な口調に、二三も万里も手を止めて注目した。康平と瑠美も箸を置いて山手を見守っている。

「分った。また電話するよ」

山手は通話を終え、周囲を見回した。

「渚ちゃんは、まったく覚えがないそうだ。売るとか貸すとか、誰とも話していないと」

「それじゃ……」

二三は思わず声を落とした。

「空き巣？」

「分らん」

山手はカウンターの万里を見上げた。

「車が停まってたのは、確かに後藤の家の前か？」

「そう言われると自信ない。チラッと見ただけだから。ただ一瞬で『ああ、後藤さんちだ』って思ったから、あの家だと思うんだよね」

山手は椅子から立ち上がった。

「政さん、どうするの？」

「ちょっと見てくる」

「危ないわよ。もう夜なんだから」

一子が押し止めるように手を伸ばした。

「車が停まってたのは昼間だろう？　空き巣だとしたらとっくにトンズラしてるさ」

「おじさん、取り敢えず警察に電話した方が良くない？」

二三も言ってみたが、山手は首を振った。

「もし間違いだったら、これから恥ずかしくて交番の前を通れねえよ」

すると、康平も椅子から立ち上がった。

「おじさん、俺も一緒に行くよ」

康平は片手を立てて瑠美に「ごめん」のポーズをした。瑠美は何度も首を振った。

「おばちゃん、懐中電灯貸して」

二三はあわててレジ台の戸棚を開け、懐中電灯を取ってきた。

「家の中の様子が分ったら、とにかくすぐ帰ってきてね」

「何かあったら電話して。心配だから」

「分った。任しとけ」

山手は頼もしい返事をして、康平と店を出て行った。

「政さんも、康ちゃんも、良いとこあるねえ」

一子が誰に言うともなく呟いた。

「本当に。最近は良い意味でお節介焼いてくれる人が少なくなったから、貴重な人材です」

瑠美も目を細めて呟いて、イエットのグラスを傾けた。

万里が面目なさそうに俯くと、一子はポンと肩を叩いた。

「万里君も頼もしいわよ。でも、今は勤務中だからね」

「そうそう。職場に留まってもらわないと」

瑠美はカルパッチョを半分食べたところで箸を置いた。すると、タイミングを見計らったようにバッグの中でスマートフォンが鳴った。瑠美はすぐ手に取って耳に当てた。

「はい。……まあ！　それで？」

通話の相手は康平だろう。瑠美は相槌を打ちながら何度も頷いている。

「二三さん、康平さんから。やっぱり後藤さんの家、空き巣が入ったみたい。今、ご家族と警察に連絡したところ」

瑠美がスマートフォンを差し出した。

「ああ、康平さん。お電話代りました」

「おばちゃん、そんなわけで警察がくるまで俺、ここにいるから、瑠美さんには適当にやって、先に帰ってもらってよ。あ、勘定は割り勘ね」

「それは良いけど、康平さんは一人で大丈夫なの？」

「当たり前でしょ、野中の一軒家じゃないんだから。それと、おじさんは店に戻ってもらうね。まだ夕飯も食ってないし」

「分った。じゃ、もう一度先生に代るから」

二三は頭を下げて瑠美にスマートフォンを返した。瑠美は康平と短い遣り取りをして通話を終え、顔を上げた。

「二三さん、他のお料理、まだ調理にかかってなかったらキャンセルしてもらえる？」

「はい、もちろん」

「それと、おにぎり作ってくれません？　康平さんに差入れてくる」

「はい、お待ち下さい」

二三が答えると同時に、一子がさっと手を洗い、おにぎりを握り始めた。あっという間に梅干しと昆布の佃煮（つくだに）、明太子（めんたいこ）を入れたおにぎりが出来上がった。二三はラップで包み、持ち帰り用のパックに詰めた。

「お帰りなさい！」

山手が戻ってきた。

「お疲れ様でした」

「いや、べつに」

みんなに心配そうな顔でねぎらわれ、山手は照れくさそうに苦笑いを浮かべた。

「じゃ、私はこれで」

瑠美はおにぎりのパックを持って足早に店を出て行った。その様子は〝いそいそ〟と形容するのに相応しかった。

「先生、康ちゃんに差入れ持ってったのよ」

「そりゃあ気が利く」

　二三は山手の前に新しい生ビールを置いた。

「これ、お店から。前のはぬるくなっちゃったから」

「ありがとうよ」

　万里はすぐにプレーンオムレツを作り始め、一子は冬瓜と鶏肉のさっぱり煮を器に盛り付けた。

　山手が煮物をつまみながら生ビールを半分飲んだところで、二三は待ちきれずに質問した。

「後藤さんの家、どんな風だった？」

「まあ、ひと目で空き巣に入られたのが分る有様よ。戸棚は開けっ放し、抽斗（ひきだし）も全部引き抜かれて、洋服や下着が畳に放り出してあったからな」

「まあ」

　二三も一子も思わず息を呑（の）んだ。

「でもさ、一年も空き家だったわけだし、盗むものあるのかな？　金目のものは置いてないでしょ」

「さあな。詳しいことは渚ちゃんに聞いてみないことには。明日、一番の新幹線で大阪から来るそうだ」

「大変ねえ」

「はい、おじさん。これで英気を養ってよ」

万里が出来立てのオムレツを山手の前に置いた。バターを吸ってツヤツヤした黄色い紡錘形を見て、山手の頬が緩んだ。

「卵料理は色々食ったが、やっぱり俺はオムレツが一番かな」

スプーンを入れると中から半熟の身がトロリと溢れてくる。

「火の入れ加減も絶妙だ。万里、本当に腕を上げたな。昔、孝さんが作ってくれたオムレツを思い出すぜ」

孝蔵は一子の亡き夫で、帝都ホテルで副料理長まで務めた名料理人だ。

「それじゃ、あたしも今度、万里君にオムレツ作ってもらうわ」

一子が嬉しそうに目を細めた。

その夜、閉店時間の九時少し前、ガラス戸が開いて新しいお客さんが入ってきた。年の頃は四十前後、ノーネクタイでくたびれたジャケットを着ている。

「すみません。そろそろ閉店なんですが……」

二三が申し訳なさそうに言うと、男性は小さく頭を下げ、ジャケットから黒い手帳を出して見せた。

「お忙しいところ申し訳ありませんが、ちょっと話を聞かせていただけませんか？　私は月島警察署生活安全課の児玉と言います」

みんな所謂「刑事」とは日頃付き合いがない。二三だけでなく一子も万里も、二組残っていたお客さんも、一斉に児玉に注目した。

「はい。あの、立ち話も何ですから、どうぞお掛け下さい」

二三は空いている席を勧めたが、児玉は立ったまま一礼して言葉を続けた。

「ええと、お宅の従業員の方が、後藤さんの家の前に不審な車が停まっているのを目撃したと伺いました」

「万里君、そっちはもう良いから、刑事さんとお話しして」

二三がカウンターを振り向いて手招きすると、万里は濡れた手を拭いて客席に出てきた。

「すみません、お言葉に甘えます。あなたも掛けて下さい」

児玉は二三に断って椅子に腰掛け、万里にも向かいの席を勧めた。それから警察手帳とは別の手帳を出して広げ、鉛筆を手に持った。

「不審車を見かけたのは何時頃です？」

「賄いを食べ終って帰る途中だったんで、二時半くらいっすかねえ」

「車の色は？」

「シルバーグレーっつうんですか……ジュラルミンのケースみたいな感じの」

「車種は分りますか？」

「ええと、名前は分んないっすけど、宅配便の車みたいなやつでした。大きさもあれくらいで」

「……アルミバンかな」

児玉は手帳にメモしながら独り言を呟いた。二三は冷たい麦茶をサービスしながら児玉の手元をチラリと覗き込んだが、内容は読み取れなかった。

「ナンバープレートの色は覚えてますか？」

「いや、分んないです。そこまで注意して見てなくて」

「業者の名前とか、ペイントはありましたか？」

万里は記憶をたぐり寄せるように、宙を睨んだ。

「……字は書いてなかったと思うんだけど。まあ、俺の見たのは車の後ろ側だから、胴体部分は分んないすけど」

「宅配便の車ではなかったんですね？」

万里はハッキリと首を振った。

「ヤマトや佐川や西濃じゃなかったです。全然見覚えない車でした」

「引っ越し業者だと思ったのは、何故ですか？」

万里は再び宙の一点に目を据えた。

「え～と、なんつーか、思い込みかなあ。あの家はもう一年くらい空き家だったから宅配便の車が停まるはずないと思って……そんで、誰か引っ越してくるのかなって。単身赴任ならあのくらいの大きさの車で充分だし」

児玉は無言で頷いて手帳に鉛筆を走らせている。

刑事さんはタブレット入力じゃなくて手書きなんだな……。

そのアナログな姿に、二三は何となく親近感を覚えた。もしかしたら数年後には、若い刑事は手帳からタブレットに切り替えているかも知れないが。

「実際に誰かが家の中に入るところ、あるいは家から出てくるところは見ましたか？」

「いえ、人の姿は見てません」

「そうですか」

その時、入り口の戸が開いた。

「ただいま」

店内の全員が一斉に入り口を注視した。いつものように店に足を踏み入れた要(かなめ)は、いつもとは違う雰囲気に気圧(けお)され、二三に問いかけるような目を向けた。

「うちの娘です。要、月島警察の刑事さん」

要は驚きを隠せず、万里と児玉を見比べた。

「ど、どしたの？」

「後藤さんの家に空き巣が入ったのよ」

「えっ？」

「良いから、あんたは二階へ上がって着替えなさい」

要は素直に頷いて、誰にともなく会釈して二階へ上がっていった。

児玉はそれから五分ほど万里に聞き取りを続けたが、その間に二組残っていたお客さんたちは勘定を済ませ、店を出て行った。

児玉も手帳をしまって立ち上がった。

「どうも、ご協力ありがとうございました。捜査が進展しましたら、またお話をお伺いするかも知れませんが、よろしくお願いします」

「いいえ、あんまりお役に立てなくて」

万里も神妙に頭を下げた。

児玉が帰るとすぐ、要が二階から降りてきた。

「ねえ、どうなってるの？　後藤さんの家って空き家だよね？」

万里は二三と一緒に空いたテーブルを片付けながら、ことのあらましを説明した。

「詳しいことは、明日大阪から娘さんが来てからじゃないと」

「こんな小さな町でも泥棒なんか入るんだ」

要は「信じらんない」とでも言いたげに、呆れた顔で首を振った。

「あたしたちの耳に入らないだけで、小さな事件は起こってるのかも知れないね。お祖父ちゃんが元気な頃も、この商店街に泥棒が入って大騒ぎになったんだよ」

五十年以上も昔、佃大通りにあった「おたふく」という居酒屋に深夜、泥棒が入った。手洗いに起きたおかみさんに見つかって、居直り強盗になり、逃げ出したところを孝蔵と若き日の山手政夫、辰浪康平の祖父銀平が追い詰め、孝蔵の活躍で見事に捕らえられた。

あの時の孝さんの勇ましかったこと……。

思い出すと一子は今も胸がときめく。放っておくとそのまま想い出に浸りそうになる。

「まあ、今回は怪我人もいなくて、何よりだった」

一子はテーブルに今夜の賄いを並べ始めた。

「あら、カルパッチョとマグロの漬け？　ゴージャス！」

要は声を弾ませ、早速冷蔵庫から缶ビールを二本取って、万里に一本渡した。

「夏野菜のチャンプルーと肉巻きもイケるぜ。本日デビューの新メニューだ」

「ああ、毎日が酒池肉林だあ！」

要と万里は缶ビールで乾杯し、早速料理に箸を伸ばした。

時ならぬ騒ぎに巻き込まれたはじめ食堂の夜も、やっといつもの時間を取り戻したようだ。

翌日、時計の針が十一時半を指すと、はじめ食堂のランチタイムが始まった。開店前からお客さんが五、六人並んでくれるのもいつもの光景だ。

「いらっしゃいませ！」

「ハンバーグ、デミソースで！」

「私、おろしポン酢！」

「はい、ハンバーグ、デミいちとポン酢いち！」

注文を告げる声と厨房に伝える声が狭い店内を飛び交い、いつも通りのにぎやかな時間が始まる。

厨房で調理する音、お客さんの話し声と笑い声、料理から立ち上るいくつもの匂い、それに麺を啜る音も混じり合って、昼時の食堂ならではの空間が出来上がる。

本日のランチメニューは日替わりがハンバーグ（デミグラスソースまたはおろしポン酢）と中華風オムレツ、焼き魚は鮭の塩麹漬け、煮魚はカラスガレイ、ワンコインは昨日の予告通りビビン麺だ。トッピングはキュウリの千切りと茹でモヤシと茹で卵、そして豚肉の生姜味噌漬けにした。味噌に漬けておくと肉は一週間は保存可能で、しかも柔らかくなる。

小鉢は納豆（苦手な人は冷や奴）と冬瓜の冷や煮（生姜風味）。味噌汁はナスと茗荷、漬物は瓜の印籠漬け。印籠漬けは七月いっぱいでお終いになるので、今が食べ時だ。

そしてドレッシング三種類かけ放題のサラダが付く。はじめ食堂でランチを食べれば野菜不足にならないと、二三は信じている。

「ビビン麵！」

ワンコイン大好きな常連さんが注文してくれた。

「明日のワンコイン、何？」

「タコライスです」

「タコ飯じゃない方の？」

「そうそう、メキシコ料理の方」

「おばちゃん、タコライスは沖縄料理だよ」

「ええっ！　そうだったの？」

「ウィキに出てるから、見てみ」

「あらあ、勉強になりました。ありがとう」

軽口を返してカウンターに戻り、出来上がった定食に小鉢と漬物をセットしてテーブルへ運ぶ……その作業を繰り返すうちに、時刻は一時を回ろうとしていた。

潮が引くように、テーブルを埋めていたお客さんが次々と立ち上がり、勘定をして帰って行く。

壁の時計は一時十五分過ぎ。そろそろ野田梓と三原茂之が顔を出す頃だった。

二三は空いたテーブルを片付けながら、不意に、今日のお客さんの誰一人、空き巣事件を話題にしなかったことに思い至った。店からほんの二、三分の、目と鼻の先で起こった事件事件なのに、どうやら誰も知らないらしい。

まあ、非常線が張られたりしたわけじゃないから、当たり前かも知れないけど。

それに、お客さんたちはよその土地から働きに来ているだけで、地つきの住人ではない。所属するコミュニティーが違うのだ。それなら共有する情報が違っても仕方ない……。

二三は急に上体を起こし、カウンターを振り返った。

「ねえ、向こうのタワマンに住んでる人たちもきっと、後藤さんちに空き巣が入ったなんて知らないわよね？」

「急に、どしたの？」

洗い物をしていた万里が顔を上げた。

「いえね、何となく寂しくなっちゃってさ。ここは世間的には下町だけど、ご近所とも段々疎遠になるしね。下町人情なんて、もう『寅さん』の中にしか残ってないのかもね」

テーブルを拭いていた一子が手を止めた。

「そりゃしょうがないわよ。あたしの若い頃だって映画やテレビに出てくるような〝人情味溢れる下町〟なんてなかったしね」

一子は布巾をたたみ直し、穏やかに微笑んだ。

「下町って、結局は都会にしかない場所でしょ。都会生活の基本はクールじゃないの。他人の生活に干渉しない。余計なお節介もしない。必要以上に他人と関わると、都会じゃ生活できないよ。何しろ人口が多いんだから」

　不思議なことに一子のひと言で、胸にわだかまっていた小さな塊がストンと落ちる気がした。

「そうよね。考えてみればうちの実家も、隣の家と結構仲悪かったわ」

　二三は自分でもおかしくなった。

「野田ちゃんと三原さん、今日はおろしハンバーグかな」

「野田さんはカラスガレイだと思うわ。オムレツと半分こで」

　噂をすれば影、そこで入り口の戸が開いた。

「こんにちは」

「いらっしゃい！」

　二三は入ってきた梓と三原に顔を向け、勢い込んで言った。

「野田ちゃん、三原さん、事件です！　昨日、後藤さんちに空き巣が入ったのよ」

　その日、午後五時半に店を開けると、口開けの客となったのは山手政夫と、後藤の娘・大月渚だった。

「まあ、渚さん、大変でしたね」

渚は深々と頭を下げた。

「この度は皆さんにご心配とご迷惑をお掛けして、申し訳ありませんでした」

「そんな、迷惑なんて、うちは全然」

「俺も久しぶりに血が騒いで、面白かったぜ」

山手が豪快に笑って後を引き取った。

「渚ちゃん、月島警察に行くやら現場検証やらで、午後一杯かかっちまってな。康平んとことうちにも挨拶に回って、最後がここだ」

「さぞお疲れでしょう」

一子が気の毒そうに声をかけた。

「それで、これから新幹線で帰るんだが、その前に早めの夕飯でも奢ろうと思ってな。朝から飯も喉を通らなかっただろうし」

「そうですよね。さ、どうぞ、お掛け下さい」

一子が四人掛けのテーブル席を勧め、二三はおしぼりを二つ手に取った。

「料理は適当に見繕ってくれ。あと、俺は小生」

山手は渚と差し向かいで座り、おしぼりで顔を拭いた。渚はウーロン茶を注文した。

「盗まれたもの、お分りですか？」

二三はお通しの枝豆を出して訊いた。

「警察時代にもらった盾とか、何かの記念の杯とかメダル、愛用の腕時計……そんなに高いもんじゃないですけど。あとはタイピンとカフスボタンのセット、ライター……あ、父はリタイアする前は煙草吸ってたんです」

腕時計もタイピンセットもライターも、五、六個はあったという。

「趣味で買ったんでしょうね。うちの主人は使わないので、そのままずっと家に置きっ放しにしていて……」

渚は顔をしかめて溜息を吐いた。

「被害総額はそれほどでもないですけど、土足で踏み込まれて箪笥や抽斗の中を荒らされちゃって、そっちの方がショックです」

「そうですよね。ご家族には大切な想い出ですもんね」

渚は苦いものを飲み下すかのように、ウーロン茶を一息に半分ほど飲んだ。

「おばちゃん、焼きナス、タコと冬瓜の冷やし鉢、ウニ載せ煮玉子、アジの叩き、海老とホタテのグラタン……こんなラインナップでどう？」

厨房に戻ってきた二三に、万里が耳打ちした。

「上出来。野菜と魚介たっぷり、冷たい料理と熱い料理。バランスもセンス良いね」

万里がお約束のどや顔をすると、入れ替わりに一子が顔を寄せて声を落とした。

「トウモロコシの炊き込みご飯、三人分、お土産で持たせよう。明日の朝ご飯に」

「賛成」

厨房にいても、渚と山手の話し声が聞こえてきた。

「まさか真っ昼間に泥棒が入るなんて、夢にも思ってなかったわ。ちゃんと鍵も掛けてたし、ご近所の目だってあるのに」

「そうだよな。俺だってそう思うよ」

山手の口調も重かった。

「鍵を預かって留守を頼まれてたのに、こんなことになっちまって、まことに面目次第もない」

「おじさん、謝らないで下さい。管理人でもないのに空き家の面倒見て下さって、本当にありがたいと思ってるんです。私が毎週大阪から通って、空気入れ替えるわけにいかないし」

渚はそこで深く溜息を吐いた。

「やっぱり、私の考えが甘かったんだわ。いつか東京へ帰ってくるから家は売りたくない。現状を維持したい。そう思って手を付けずにいたんだけど……でも、それならちゃんと管理会社と契約するとか、人に貸すとか、キチンとすべきだったのよね」

二三はタコと冬瓜の冷やし鉢と焼きナスをテーブルに運んだ。

渚は気を取り直したように冬瓜を口に入れ、ホッとした顔をした。

「ああ、美味しい。生き返るわ」

「焼きナスも美味えよ。出入りの八百屋が良い品持ってくるんだ」

二人が冷やし鉢と焼きナスをつまんでいる間に、万里はアジの叩きを仕上げていた。今からグラタンをオーブンに入れておけば、アジを食べ終る頃には熱々に焼き上がるだろう。

「これは日本酒だな」

アジの叩きが運ばれてくると、山手は二三を見上げた。

「今日は康平は何だって？」

「磯自慢。静岡のお酒だから青魚と相性抜群だって」

「じゃあ、冷やで一合」

すると、叩きをひと箸つまんだ渚も二三を振り向いた。

「私もそれ、一合下さい。この叩き、もの凄く美味しい。お酒飲まないともったいないわ」

「ありがとうございます」

二三も万里も思わず微笑んだ。お客さんに料理を褒められるほど嬉しいことはない。

「それで、これからどうするね？」

山手が尋ねると、渚は困った顔で首を振った。

「まだ、何にも。とにかくこれから帰って主人と相談して、来週出直してきます。家の中の片付けもしないといけないし」

「掃除しとくよ、ざっと」

「何から何まで、すみません」

渚はもう一度頭を下げ、磯自慢のグラスに手を伸ばした。

山手と渚は小一時間ほどで帰っていった。

それを合図のように次々とお客さんがやって来て、七時を過ぎるとテーブルは満席になった。

「こんばんは」

康平と瑠美が訪れた。

「いらっしゃい。どうぞ、カウンターに」

二人は隅の席に並んで腰を下ろした。

「康平さん、昨日は大変でしたね。本当にお疲れ様」

「別に、警察が来るのを待ってただけだから。それより……」

康平は伸び上がってカウンター越しに一子を見た。

「おばちゃん、おにぎりありがとう。すげえ美味(うま)かった」

「おにぎりだけで愛想なしだったけど」

「そんなことない、コンビニのおにぎりとは段違いだったよ。さすが、プロは違うな」

二三は二人の前におしぼりとお通しを出した。

「ちょっと前まで後藤さんの娘さんと山手のおじさんが見えてたのよ。これから大阪にとんぼ返りだって」

「昼間、うちにも挨拶に来たよ。気の毒だよな」

康平はイェットをグラスで二つ頼み、瑠美とメニューの相談を始めた。

「焼きナス、良いわね。それとタコと冬瓜の冷やし鉢、アジの叩き、海老とホタテのグラタン」

「夏野菜のチャンプルーと、オクラとパプリカの肉巻きにも未練があるな。昨日、食べ損なったし」

「両方頼むとシメのご飯が入らないかも」

「う〜ん、そうだなあ」

二三はスパークリングワインのグラスを並べて口を挟んだ。

「肉巻きのお肉を使ったタコライス、召し上がりませんか？」

「タコライス？」

康平と瑠美が同時に訊き返した。

「スーパーのパンフレットに出てたんですけど、美味しそうなんで、明日の昼のワンコインにしようと思ってるんです。もし、先生に味見していただけたら、心強いです」

瑠美と康平は素早く目を見交わして頷いた。美味しい予感が閃くと、二人とも一瞬のためらいもない。

「光栄だわ。それでお願いします!」

瑠美は声を弾ませて康平と乾杯した。

タコライスは「タコス」の具材をご飯に載せた沖縄発祥の料理である。本式にはサルサソースを使うが、ケチャップとチリパウダーで代用することも出来る。

はじめ食堂では味付けしたひき肉(タコミート)、レタス、トマト、アボカド、チーズをトッピングする予定だが、タコミートだけというのが元祖らしい。

「俺は〝タコライス〟って、タコの炊き込みご飯だと思ってた」

二三が冷やし鉢を運んでゆくと、康平が情けなさそうな顔で言った。

「他人のことは言えないわ。私だってついさっきまで、タコライスはメキシコ料理だと思ってたし」

「えっ? 違うの?」

「沖縄料理ですって」

「ええ?」

康平は確認するように瑠美を振り向いた。

「私も最初はメキシコ料理だと思った。だってタコスなんだもん」

二三と瑠美、康平の三人は「しょ〜がないよねえ」と頷き合った。

シメに登場したタコライスをひと目見て、瑠美は大きく頷いた。

「見た目もきれいね。赤と緑と黄色がトッピングで」

康平もひと匙食べて、ぐいと親指を突き出した。

「イケる、イケる。甘酸っぱくてちょっとピリ辛なのが、ご飯に良く合う」

「これが日本料理って言うのが、面白いわよね」

「先生、考えてみればポキは漬け丼っすよ」

瑠美は感心したように万里を見上げた。

「そうよね。料理の世界に国境はないんだわ」

翌日、ランチタイムの営業を終り、三人で賄いを食べているときだった。

「失礼します」

入ってきたのは月島警察署の児玉だった。三人はあわてて椅子から腰を浮かしかけたが、児玉は「どうぞ、そのままで」と両掌を下に向けて制する仕草をした。

「実は昨日、湊三丁目と新川二丁目のマンションで、立て続けに強盗事件が発生したんです。所謂アポ電強盗というやつで、事前に保健所を装った調査の電話があったようです」

三人とも驚いて声もなかった。昨日発生した事件なら今朝のニュースで放送されたのかも知れないが、誰も記憶になかった。

「どうも、犯行に使われたらしい車両が、こちらで目撃された車と同じである可能性が浮上しまして、もう一度お話を……」

二三は児玉に空いている席を勧め、万里を向かいに座らせると、あわただしく冷たい麦茶を出した。

二三と一子は食事を再開しようとしたが、二人の会話が気になって仕方がない。児玉は前と同じような内容の質問をし、万里も前と同じ答を繰り返している。

刑事というのは質問するばかりで、事情を説明しない。だから強盗事件の内容についてはほとんど分らなかったが、路上に駐車してあるのを目撃された「不審な車」が、万里の見た車と共通点があるというのは分った。アルミバンというタイプで、引っ越し用によく使われる小型トラックらしい。

児玉は何枚か写真を見せた。万里は慎重に写真を見比べて、中の一枚を指さした。

「多分、これが一番似てると思うんですけど……」

その声は自信なげだった。二日も前にチラリと見かけただけなのだから、致し方ないだろう。

児玉は三十分ほどで帰って行った。

「万里君、お疲れ様」

「ご飯、食べちゃって」

万里は幾分疲れたような顔で席に戻り、半分残ったタコライスを食べ始めたが、途中でスプーンを置いた。

「後藤さんちの空き巣、もしかしてウォーミングアップだったのかなあ」

浮かない顔で独り言のように呟いた。

「俺がもっと注意してれば良かったのかなあ」

「何言ってんの。同じ犯人かどうかも分ってないのに」

二三がぴしゃりと言うと、一子が穏やかな声で先を続けた。

「千里眼じゃあるまいし、先のことなんか分るわけないでしょう。あたしたちは神様じゃないんだからね」

「だよね」

万里はホッとしたような顔になり、タコライスを食べ始めた。

午後の休憩で二階に上がると、二三はテレビを点けた。アポ電強盗について何かニュースが出るかも知れない。

四時のニュースショーが始まると、アナウンサーが件のニュースを読み上げた。

「昨日の午後、中央区のマンションで、アポイント電話強盗が連続して二件も発生しました」

画面は事件現場に切り替わった。マンションの前に立ち入り禁止の黄色いテープが張られ、大勢の捜査官がマンションの玄関を出入りしている。

二三も一子も息を殺して画面に見入った。

襲われたのはいずれも夫婦二人暮らしの高齢者で、押し入ってきた三人組の男に脅され、預金通帳や現金を奪われた。男たちは保健所の職員と偽ってオートロックを解除させたという。

被害者たちは縛られて軽傷を負った上、精神的なショックも大きいらしい。

二三も一子も暗澹たる気持ちになった。去年の流行病で、高齢者は健康に神経質になっている。保健所と偽って適当な理由を言えば、キチンと応対して話を聞こうという気になる人も多いだろう。

二三はテレビを消した。もうすぐ四時半だ。午後営業の仕込みに入らなくてはならない。

二三は気持ちを切り替えて明るい声で言った。

「お姑さん、今日は冷や汁だから、康平さんと菊川先生が来ると良いね」

「政さんもね」

一子も笑顔で答え、二人は食堂に通じる階段を降りた。

「こんばんは」

　本日の一番乗りは保谷京子だった。

「いらっしゃい！」

　京子は迷わずカウンターに腰を下ろした。六月にアメリカから帰国して以来、週に二、三回は夕方店に来てくれる。もはやご常連と言って良い。

「ええと、小生下さい。今日のお勧めは何？」

　おしぼりで丁寧に手を拭きながら尋ねる。日本ではホテル暮らしなので、家庭料理が食べたいという。

「焼きナス、夏野菜の天ぷら、それとお刺身の中華風サラダなんて如何？」

「中華風って？」

「お刺身と香味野菜を和えて、熱いゴマ油と醬油を掛けるの。中華風カルパッチョって感じで、美味しいわよ」

「それ、いただく」

　京子はアメリカの大学の教授で、新学期の始まる九月には再び渡米する予定だ。今や日本よりアメリカでの生活の方が長くなったが、去年夫と死別して以来考えるところがあり、家財を整理して日本に戻ってくるという。日本のいくつかの大学から、来年度から教授として迎えたいと申し出があるらしい。

つまり立派な学者なのだが、はじめ食堂で美味しそうに食べて呑んでいる姿は、気取りのない普通のおばさんだった。

今も京子は嬉しそうに箸を割り、焼きナスにおろし生姜を載せている。そしてパクリと一口……。

「ん〜、美味しい。日本の夏」

目尻(めじり)を下げて大袈裟(おおげさ)に肩を揺する。オーバーな表現は料理人へのサービスだ。

「そうそう、今日、冷や汁あるのよ」

「冷や汁って?」

「冷たい味噌汁。アジの干物とゴマをすって味噌と混ぜて、キュウリと茗荷と大葉を刻んで汁に入れるの。これを冷たいご飯に掛けてズズッと啜ると……」

「ああ、やめて。それ以上言わないで。もらうわ」

「毎度あり。それとね、ご飯じゃなくて素麺を入れて食べてもイケるのよ。どっちが良い?」

「う〜ん」

京子は腕組みして眉を寄せた。そうすると哲学的な問題に悩んでいるように見えるから不思議だ。

「やっぱり、最初はスタンダードにご飯にするわ。素麺はこの次で」

カウンターの中で一子も万里も微笑んでいる。二三の高校の同級生が食べることの大好きな、至極感じの良い女性で喜んでいるのだ。

万里が熱したゴマ油を刺身の上から掛けた。ジュッという音と共に、香ばしいゴマ油の匂いが広がった。

「そう言えば、日本でのお住まいとか、もう決まった？」

京子は首を振った。

「日本にいる間に、不動産屋さんを回ろうと思ってるんだけどね」

「タワマンはどうだった？」

京子は申し訳なさそうに片手拝みをした。

「ごめん。最初は良いかと思ったんだけど、実際に下見に行ったら、どうもね」

目の前に刺身の中華風サラダの皿が置かれたので、京子は食べる方に忙しく、しばし会話は中断した。

「……これ、普通のお刺身より美味しいかも！」

皿を半分ほど空にすると、今度は日本酒を注文した。

「銘柄はお任せで」

「雑賀（さいか）の純米吟醸はどうかしら。幅広い料理に合うし、爽やかな酸味があるから、天ぷらの油が切れて良いかも」

京子は一も二もなく頷いてから、思い出したように口を開いた。

「うちの実家、木造二階建てだったでしょ。だからどうもあの高層マンションって、ダメなのよね。足が宙に浮く感じで」

「分る、分る。うちも同じ。結婚前は木造アパートで、結婚してからはここだし。考えてみれば私、マンション生活ってしたことないのよね」

「私もそう。ボストンって古い街だから高層ビルもないし、旦那の家も築二百年の古いお屋敷だったし」

そして、懐かしむように宙を見上げた。

「うちの実家みたいな家に住みたいけど、無理よね」

「でも、歳取ったらマンションの方が便利よ」

「ずっとじゃなくて、何年か。そうねえ、二〜三年か四〜五年、昔の家みたいな家で暮らしたら、あとはマンションへ移るのが良いわ。さすがに七十過ぎたら一戸建てで暮らすのはしんどくなるだろうし」

その時、まったく唐突に、二三の頭には後藤の家と渚の顔が浮かんだ。

空き家にしておくのは危険だが、さりとて売る気はない。また、他人に貸した場合、いずれ一家で東京に戻ってくる時、すみやかに家を引き渡してくれないと困るだろう……。

「保谷さん、ある、ある！」

京子も一子も万里も、呆気に取られて二三を見た。

「ちょうどピッタリの貸家が、あるわよ!」

まだ渚の意見も聞いていないのに迂闊なことは言えない。しかし、京子の希望と渚の希望は、お互い一致するのではあるまいか。

「とにかく、話だけは聞いて」

京子にそう言いながら、来週渚が東京に来たら、同じ台詞を言うだろうと予感していた。

第三話

おにぎり、ふしぎ

タイマーが鳴って釜のガス台に点火すると、はじめ食堂の厨房の火口はほぼ全開となる。二つの業務用のガス台は味噌汁の鍋と煮魚の鍋、あるいは日替わりの炒め物や揚げ物の鍋を加熱中で、魚焼きのグリルも干物や切身を炙って大いに炎を上げている。

グリルからは換気扇めがけて盛大に煙が立ち上り、魚の焼ける香ばしい匂いと仄かに漂う味噌汁の匂い、油のはぜる音、中華鍋にフライ返しが当たる音などが混じり合い、店内を交錯する。

美味しそうな匂いとにぎやかな音は、これから始まるランチタイムを盛り上げる前奏曲だ。

だから、暑い。夏は特に。しかも今は夏の横綱、八月だった。

「ふう……」

二三は首から提げたタオルで目をこすってから、額の汗を拭いた。今日の焼き魚は格安で仕入れた鯖の醬油干しで、よく脂が乗っている。そしてその分、焼くと派手に煙を立てて目に沁みる。

次にタイマーが鳴るのは三十分後。炊飯十五分と蒸らし十五分が終る。それまでに火を使う調理をすべて終えていないと、開店までがバタバタになる。

やがて、一子が煮魚の火を止めた。万里は日替わりを炒め終った。二三もグリルの火を止め、洗剤液を溶かした水に焼き網を浸けた。その瞬間、ジュッと音が響く。

食堂に立った最初の日、一子が「ふみちゃん、乾いた布巾使ってね」と注意したにもかかわらず、面倒なので手近にあった濡れた布巾で焼き網を持ち上げ、次の瞬間、熱さに驚いて床に落としてしまった。濡れ布巾は乾いた布巾より熱伝導が良いのだ。だから鍋つかみは絶対に濡らしてはいけない……。

焼き網を金属ダワシで洗いながら、ふとそんなことを思い出した。目を転じれば調理台では一子がサラダを盛り付け、横では万里が中華鍋を洗っている。

二人の額にも汗が光っていた。

タイマーが鳴った。いよいよ最後の仕上げにかかる。

「はいよ」

万里が釜を持ち上げて調理台の上に置いた。

「ありがと」

釜の蓋を開けるとフワッと蒸気が舞い上がり、炊きたてのご飯特有の香りが鼻をくすぐる。上品な甘さと花のような爽やかさの混じった、独特の香りだ。しかし爽やかな香りの方は時間が経つにつれて、花がしぼむように消えてしまう。

そして、釜の中には真珠色に輝く粒の海が広がっている。

二三は両手にしゃもじを持ち、釜からジャーへご飯を移していった。

「おばちゃん、この塩レモンパスタって、何？」

ご常連のワカイのＯＬが訊いたのは、本日のワンコインメニューだ。

「最近流行の塩レモンで味付けしたパスタ。アンチョビとニンニク入り。塩レモンとアンチョビって最強のコンビなんだって」

「本当？」

ＯＬはいささか疑わしそうな顔をした。北アフリカ発祥のレモンの塩漬けは、料理誌や女性誌ではメジャーになったが、まだ町の食堂に登場することはあまりない。

「どっちかって言うと大人の味かしらね。ほんのり苦みがあるから、苦手な人はやめた方が良いかも」

ここで一押しすべきなのは分っているが、二三はつい弱気になって引いてしまった。先週、ある意識高い系女性誌の料理グラビアで見て「これは夏にピッタリ！」と思ったのだが、やはりはじめ食堂にはおしゃれ過ぎたかも知れない。

ナポリタンにしときゃ良かった……。

思わず肩を落としそうになったとき、一緒に来ていたOLが言った。

「私、塩レモンもらう。一度食べてみたかったんだ。セットでね」

「ありがとうございます！」

現金なもので、たちまち笑顔になって声を弾ませた。

「塩レモン、セットで一！」

「へーい、塩レモン、セット一！」

カウンターの中で万里が注文を繰り返す。顔が少し笑っていた。

今日のはじめ食堂のランチメニューは、焼き魚が鯖の醤油干し、煮魚が銀ダラのカマ、日替わりが春巻きとゴーヤチャンプルー、ワンコインが塩レモンパスタ。小鉢はカボチャの煮物とナスの味噌炒め。味噌汁は豆腐とオクラ。漬物はキュウリと茗荷(みょうが)の糠漬け(ぬかづけ)。これにドレッシング三種類かけ放題のサラダが付いて、ご飯味噌汁お代わり自由で一人前七百円。

料理は小鉢から漬物に至るまで、なるべく既製品を使わずに手作りを心掛ける。もっと安い店はあるだろうが、内容を考えれば何処(どこ)にも引けを取らないと自負している。

「もう、やっちまった感でいっぱいよ」

二三はテーブルの脇に立ち、大袈裟にガックリ項垂れた。話題は塩レモンパスタだ。

「分る、分る。おしゃれなイタリアンの店とかだったら、女子人気あったと思うよ」

野田梓は慰めるような口調で言った。

「……塩レモンか。僕も知らなかった。次々新しい料理が出るなあ」

三原茂之も感慨深そうに宙を見上げた。

「元々北アフリカにはあったんだろうけど、それが日本に入ってきて定着するのが驚きだな」

「明治からずっと、外国からいろんな料理が入ってきたんですねえ。終戦後はハンバーガーとホットドッグとポップコーンかしら」

カウンターの隅に腰掛けている一子も、遠くを見る目になった。

「私、カルチャーショック受けたの、マックシェイク。ミルクセーキって卵と牛乳とバニラエッセンスで作るもんだって思ってたのが、あの、アイスクリーム溶かしたみたいな……美味しくて立て続けに二杯お代わりして、寒くなっちゃった」

二三が言うと、梓も共感を込めて頷いた。

「あたしは〝イタリアントマト〟かな。若者同士で入れるこじゃれた店って故郷にはなかったから、『東京はすごい！』って感動した」

「私だって初めて〝すかいらーく〟に入ったときは感動したわ。なんか、アメリカ映画に出てくるダイナーみたいで」

あれは大学に入学した年だった。東京農工大に進学した友人と府中キャンパスで待ち合わせ、帰りに開業間もない〝すかいらーく〟で夕飯を食べたのだった。今では珍しくもないが、日本に誕生したばかりのファミリーレストランは、時代の先端を行く飲食店として輝いていた……。

「はい、術は解けました!」

万里がパチンと指を鳴らした。

「は～い」

二三はあわててカウンターに引き返した。梓の煮魚定食と三原の春巻き定食が出来上がっている。

「はい、お味見どうぞ」

それぞれの盆をテーブルに運んでから、二三は小皿に盛った「塩レモンパスタ」を置いた。

梓も三原も珍しそうに塩レモンパスタを眺め、匂いを嗅いだ。

「良い香りね。イタリアンパセリ?」

「うん。それとニンニク、オリーブオイル、アンチョビフィレ」

二人は同時に箸を伸ばし、ツルツルとパスタを啜り込んだ。

「あら、意外とイケるじゃない」

「酸味が柔らかいですね。このほろ苦さも新鮮だ」

パスタは二箸でなくなった。

「ふみちゃん、惜しいね。時代を先取りしすぎたんだよ」

二三はガッツポーズを決めた。

「そうでしょ！」

梓と三原は同意を示して頷くと、それぞれ銀ダラと春巻きを口に運んだ。二人の顔には馴染みの味でご飯を食べる人の〝力の抜けた幸福感〟が溢れている。

塩レモンパスタ、敗れたり。

二三はカウンターを振り返り、笑いをかみ殺している一子と万里に向って言った。

「いつか時代が塩レモンに追いつくわ！」

「余ったら夏野菜と混ぜてサラダにしちゃえば？」

お通しのトウモロコシのすり流しを啜りながら、菊川瑠美が言った。片手には開いたメニューがある。

「本にもそう書いてありました。だから先生、よろしかったら夏野菜のサラダ、どうぞ」

生ビールのグラスを傾けていた辰浪康平が、隣からメニューを覗き込んだ。

「あった、あった。おばちゃん、ちゃんと考えてんだね」

「どんなもんだい」

二三は万里を真似て反っくり返って見せた。

「それから、炒め物にも使えるわよ。チキンソテーにかけても良いし、豚肉とネギとエリンギをゴマ油で炒めて、塩レモンで味付けするのもお勧め。サッパリするから夏向きね」

瑠美は話しながらもメニューを眺めている。

「ええと、夏野菜のサラダ、ホタテとスズキのカルパッチョ、空心菜炒め、ゴーヤチャンプル……と、野菜多すぎかしら？」

隣を振り向くと、康平は首を振った。

「まだまだ。メイン、車エビのチーズグリルにする？　それともステーキおろしポン酢？」

「車エビにしない？　サラダとカルパッチョが酸味系だから」

近頃二人のメニュー選びは、あうんの呼吸と言って良い。今日は夜営業の一番乗りで、店にはまだ他のお客さんはいない。

「おばちゃん、今日のシメ、何がある？」

康平は首を伸ばしてカウンターの中の一子に声をかけた。

「そうねえ。お昼の塩レモンパスタ、つけダレ三種類の素麺、おにぎり、お茶漬け……」

康平と瑠美はさっと顔を見合せた。目が好奇心で輝いている。

「つけダレ三種類って、何?」

「普通のめんつゆと、ゴマだれ、あとはニラとザーサイの中華風スープ。これは熱々」

「康平さん、これにしない? 冷たい汁と温かい汁があるのって、贅沢だわ」

康平は二つ返事で「うん」と答えた。

この素麺の汁も二三が雑誌で仕入れたメニューだ。温かい素麺と言えば煮麺しか知らなかったが、つけ麺風に熱い汁につけて食べるレシピを知り、冷たい汁と組み合せて出そうと思い付いた。そうすれば普通の素麺も新鮮に感じられる。

「へい、サラダお待ち」

万里がカウンターに夏野菜のサラダを置いた。

レタス、キュウリ、トマト、エシャロット、水ナスを切って、塩レモンとオリーブオイルで和える。松原青果が届けてくれる野菜は新鮮で品が良いので、サラダが美味しくなった。

康平はひと箸口に入れ、親指と人差し指でOKサインを作った。「塩レモンドレッシング、イケるじゃん」

「人気急上昇で、今は市販もされてるのよ」

瑠美の言葉に、二三は隔世の感で溜息が出そうになる。

「最近はドレッシングの種類も増えましたよねえ。ネットで検索したら、百は下らないんじゃないかしら」

「プライベートブランドも入れたら、もっとあるでしょ」

万里は事も無げに言った。スーパーの棚に各社のドレッシングがずらりと並んでいるのを当たり前に見て育った世代には、自然な感覚だろう。しかし二三の幼い頃、ほとんどの家庭はドレッシングを手作りしていた。酢と塩と油を混ぜるのが基本で、サウザンアイランドや醬油の入った和風ドレッシングが市販されたのは、昭和三十年代後半になってからだ。

万里に「はい、術は解けました！」と茶化される前に、二三は感慨から抜け出した。

「はい、空心菜炒め、行きま〜す」

ちょうどサラダの皿が空になるタイミングだった。ゴーヤチャンプルーに醬油を使うので、今日は塩と中華スープで味を仕上げた。食感が良くて味にクセがないので、どんな調味料にも合う。

「空心菜って、言い得て妙だよね。中、空洞でさ」

康平は空心菜の茎を箸でつまみ上げ、中を覗くように目を近づけた。

「青梗菜(チンゲンサイ)は一年中売ってるけど、空心菜は夏限定よね。そこが良いわ」

空心菜炒めを肴(さかな)にビールが進み、二人のグラスは空になった。

「万里、次は？」

「カルパッチョ」

「じゃ、スパークリングにしようか?」

瑠美はニッコリ笑って頷いた。スパークリングワインが大好きなのだ。

「イェット、グラスで二つ」

万里は薄切りしたホタテの貝柱とスズキをガラスの皿に並べ、オリーブオイルとワインビネガー、マジックソルトを振りかけた。レモンの薄切りとイタリアンパセリをあしらい、夏らしさを演出する。

二三もフルートグラスにイェットを注ぎ、康平と瑠美の前に置いた。二人はグラスを合せて乾杯し、カルパッチョを一切れつまんだ。

「料理の腕もだけど、出し方も絶妙になってきたよな。良いタイミングで次の料理が出てくるし、順番も良い感じだ」

康平がカウンター越しに万里を褒めれば、瑠美も感心した口調で言い足した。

「冷たい料理とあったかい料理が交互に出てくるのが、気が利いてると思うわ」

「いや〜、さすが先生。目の付け所が素人じゃないすね」

万里はお約束のどや顔で胸を反らせたが、その目には素直に嬉しさが表れていた。

「後藤さんのお陰かも知れないわね。何しろ、料理は何でも良いけど、待たされるのは大嫌いって人だったから」

二三はそう言って宙を見上げた。在りし日の後藤の姿が瞼に甦った。

「困ったときは中華風冷や奴とポテサラだったよね。すぐ出せるから」

万里が懐かしそうに呟くと、一度頷いた康平が思い出したように顔を上げた。

「後藤さんって言えば、家を貸す話、どうなった？」

「一応話はまとまったみたいよ。細かいことはまだ協議中だけど」

後藤の住んでいた家は売却も賃貸もされず、空き家状態のまま一年近く経過していた。その間、親友だった山手政夫が鍵を預かって週に一度は空気を入れ換えていたが、先月、空き巣の被害に遭った。事件をきっかけに、娘の渚は家の管理について早急に決めなくてはならなくなった。

夫の仕事の関係で渚一家は大阪で暮らしているが、夫婦とも、いずれは東京に戻りたいという意向がある。だから売却はしたくない。賃貸にした場合も、一家が東京へ戻る際には家を引き渡してもらいたい。このような条件で借り手が見つかるかどうか？

そんな時、二三の同級生保谷京子が、アメリカからの永住帰国に備えて住まいを探していると聞き知った。京子は下町の木造住宅で育ったので、いずれはマンション暮らしに移行するとしても、しばらくは昔の実家のような家で暮らしたいと希望していた。

二三は思い切って後藤の家のことを話してみた。実物の家を見て、京子は乗り気になった。

　話を通すと、渚の方も大いに心が動いた様子だった。

「一さんの同級生の方なら安心です。それにアメリカの大学教授なんて、そんな立派な方に借りていただけたら、両親も喜ぶはずです」

　その後、二三は仲介の労を執り、大阪から上京した渚と京子を対面させた。それ以降、話は順調に進んでいるらしかった。

「そりゃ良かった」

　康平はグラスに残ったイェットを飲み干して、一子の方を見た。

「おばちゃん、シメの時、ちっちゃいおにぎり一個握ってよ。この前差入れてくれたおにぎり、すげえ美味かった」

「お安い御用よ」

　一子が嬉しそうに答えたとき、ガラス戸が開いて保谷京子が入ってきた。

「こんばんは」

「いらっしゃい。ちょうど噂してたとこ」

　京子は先客二人に軽く会釈してからカウンターに腰を下ろした。六月の帰国以来、はじめ食堂には何度も来ているので、康平や瑠美とも顔見知りだ。

「お飲み物は？」

「ええと、マスカットサワー。シャインマスカットって、美味しいわよね」

おしぼりで手を拭くとメニューを広げ、真剣な眼差しで目を通しはじめた。

「谷中生姜と、冬瓜とタコの冷やし鉢下さい。それと……ピーマンの塩昆布バター炒めって何？」

「ピーマンをざっくり切ってバターで炒めて、塩昆布で味付けするだけ。巷では〝無限ピーマン〟って言われてて、いくらでもご飯が食べられるんですって。大人気なのよ」

二三は説明しながらチラリと瑠美に目配せした。めんつゆをほんの少しプラスした今日のレシピは、瑠美の本に載っていた。瑠美も承知して目配せを返した。

「美味しそうね。それいただくわ。あと、ステーキおろしポン酢って、量はどれくらいかしら？」

「百グラムから二百グラムまで、お好きな量でお作りしますよ」

万里がさらりと答えた。言葉も態度も、プロの料理人の自信に溢れ、堂々たるものだ。

「それじゃあ、百グラムでお願いします。シメのご飯もいただきたいし」

京子はメニューを閉じ、お通しのトウモロコシのすり流しのカップに口を付けた。

「ああ、美味しい」

三口ほど啜って、しみじみとカップを眺めた。

「トウモロコシのスープはコーンポタージュしか知らなかったけど、和風テイストも良いわねえ。特に暑い夏はピッタリだわ」

「ありがとう。お褒めに与って嬉しいわ」

二三は京子の前にマスカットサワーのグラスと、味噌を添えた谷中生姜の皿を置いた。

「良かったらもろきゅうも冷やしトマトもあるわよ」

「ありがとう。でも、今日は良いわ」

京子はアメリカ留学中に同じ分野の学者と国際結婚したのだが、相手は名家の息子で、家には専属のメイドとコックが居たという。コックは腕の良い料理人だったがその分プライドが高く、生の野菜を切っただけという「料理以前」のメニューのリクエストは出来ずに往生したと、初めて訪れたときに述懐していた。

「ちょっと立ち入ったことをお尋ねするけど、後藤さんの家の賃貸の件は、その後どうなった？」

「うん。大体決まったわ。引っ越しは来年の二月くらいかしら。九月に向こうに戻って色々整理するのに、今年いっぱいはかかると思うから」

京子は谷中生姜に味噌を付け、一口囓ってから言った。

「この前お電話したとき渚さんから聞いたんだけど、ご近所の賃貸マンションで、空室が特殊詐欺に使われた事件があったんですって」

「まあ！」

二三は思わず声を高くした。

「現金の送り先にされたらしいわ。宅配業者が来るのを部屋の外で待ってて受け取ろうとしたんですって。でも、隣の部屋の人がよく宅配便を利用するんで、業者さんもそこが空室だって知ってたのね。すぐ警察に通報して、犯人は逮捕されたんだけど……」

その他、宅配ボックスに現金を届けさせて住民のふりをして取り出したり、キーボックスに鍵を置いているような不動産の場合は、部屋を借りるふりをして業者に連絡し、内見を装って部屋の中に侵入していた例もある。

「〝オレオレ詐欺〟の方も、色々新手を考えるわねえ」

渚はその事件を聞いてますます危機感を強くしたという。誰も住む人のないまま実家を放置していれば、空き巣どころか、特殊詐欺のアジトに利用されないとも限らない。

「一日も早く引っ越してきてほしい、住んでくれたら家賃はいらないって言われちゃって。それはこっちとしても困るしねえ」

京子はいたって気取りのない人柄だが、大学教授として収入がある上に亡夫の資産を相続したので、けっこう裕福らしかった。

「ピーマンの塩昆布バター炒めです」

万里がカウンターに湯気の立つ皿を置いた。

塩昆布とバターのコンビは、昆布の旨味とバターの濃厚さが混ざり合い、野菜・キノコ・肉など、様々な食材の炒め物に絶妙な味わいをプラスする。ご飯にはもちろん、酒の肴にも良く合う。

「これ、ご飯がほしくなるわね」

京子は困ったように眉をひそめた。

「このままポン酢ステーキとご飯にしちゃおうかしら。でも、珍しい素麺も食べたいし」

二三は京子に本日のシメを尋ねられ、つけダレ三種の素麺を宣伝していた。

「量少なめにして、ご飯と素麺、両方出そうか？」

京子は嬉しそうに頷きかけたが、すぐにきっぱりと首を振った。

「ううん、やっぱり止めとく。今日は素麺って決めたんだから」

そして、箸を置いて二三に尋ねた。

「お酒いただきます。何が良い？」

「そうねえ……喜正かしら。珍しい、東京のお酒でね、蔵元はあきる野市にあるの。フルボディの赤ワインみたいに牛肉や豚トロに合う味で、後口はすっきり爽やか。ステーキにピッタリだと思うわ」

二三は答えながらカウンターの康平の顔を窺った。康平は声は出さずに「上出来、上出来」と頷いている。

「それ、一合下さい」

はじめ食堂を訪れて以来、京子はすっかり日本酒好きになった。来れば必ず注文する。

アメリカ生活で和食から遠ざかっていたからだろうか。ボストンにも日本食レストランはあるそうだが、そういう店はよそ行きの場所で、はじめ食堂とは違う。

「おばちゃん、こっちは御湖鶴一合ね」

康平はゴーヤチャンプルーの皿を前に、楽しげに瑠美に講釈している。

「シャープな酸味と仄かな甘味で、魚介類はもちろん、豚や鶏肉と相性が良いんだ。オリーブオイルを使った料理にも合うし」

「それじゃ、車エビのチーズグリルも御湖鶴でいく？」

「今日は鳳凰美田を卸したから、そっちを試してみようよ。貝類や甲殻類と抜群に相性が良いんだ」

アルコールと飲料はすべて辰浪酒店から仕入れているので、康平には勝手知ったるラインナップだった。

「そうそう、夏休みの料理教室、来週よね？」

冬瓜とタコの冷やし鉢に箸を伸ばして、京子が尋ねた。

「うん、月曜日。山の日っていう新しい祝日が今年は特別に八日日曜日で、その振替」

六月に佃小学校のＰＴＡに依頼され、夏休みに発達障害のある子供とその親を対象とした料理実習を行うこととなった。八月九日が選ばれたのは、振替休日で会社も店も休み、お盆休みともかさならず、保護者が参加しやすいという理由だった。

「頑張ってね。成功を祈ってるわ」

「ありがとう。ま、私たちは参加してくれたご家族が楽しんでくれれば良いので、気楽に構えてるわ」

「そうよね。それが一番大切だと思うわ」

魚焼きのグリルから車エビの焼ける匂いが漂い、カウンターにも流れてきた。バジルソースも香りが立ってきた。仕上げに載せたチーズがとろけたら出来上がりだ。

「次、車エビのチーズグリル行きま～す。おばちゃん、鳳凰美田お願い」

万里が焼き上がったエビを皿に載せ、カウンターに置いた。

京子はエビの皿を目で追って、残念そうに首を振った。

「あ～あ。胃袋が二つあればエビも頼めるのに」

「それは次回のお楽しみということで」

「もう、商売上手！」

はじめ食堂に小さな笑い声の輪が広がった。

「皆さん、本日料理指導をして下さる、はじめ食堂のメンバーをご紹介します」

ＰＴＡ副会長の徳井波満子（とくいはまこ）の紹介で、黒板の前に立った二三、一子、万里の三人が頭を下げると、拍手が湧（わ）いた。

ここは佃小学校の調理実習室。水道・シンク・ガス台を備えたアイランド型のブースが六台あり、一台を二、三組の親子が囲んでいた。

小学校の低学年から高学年まで十五人、内訳は女の子が三人、男の子が十二人。他の子供たちはごく普通の体型だったが、かなり痩(や)せている子供が四人いた。偏食がひどくて食べられる食材が少ないのかもしれない。

子供たちは給食用の白衣、親たちは自前のエプロンを身につけ、二三の要望でバンダナや三角巾で髪の毛を覆っている。

母親だけでなく父親も参加している家庭が半分以上あって、二三は素直に感心した。二三が小学生の頃、ほとんどの家庭は子供の教育は母親に任せきりで、父親参観日でもなければ男親が学校へ来ることはなかった。

六月にはじめ食堂を訪れた編集者の日渡(ひわたり)むつみも、男の子と夫と三人で参加していた。夫は四十前後の繊細な感じの男性で、子供と顔立ちがよく似ていた。むつみの子は小学校低学年なのだろうが、随分と華奢(きゃしゃ)で、ハーフパンツから覗く脚は小枝のように細かった。

今日の調理実習のメニューと使う食材はＰＴＡを通じて連絡してある。子供によって食べられる食材も違うので、代替するなどして各自持参してもらった。

「まず、お豆腐を使ったおかずと餃子(ギョーザ)を何種類か作ります。その後、ご飯が炊き上がったら、ご飯を使った料理も作りますね。みんなで一緒に材料を確認しながら作りましょう。

苦手なものは入れなくても構いません。でも、ちょっと興味があったら、味見してみて下さい」

二三は簡単な説明を終え、全員に手を洗うように促した。

それから米を研いで炊飯器に入れ、水加減するまでを子供たちに見せた。発達障害のある子供たちは、自分の目で確認していない物を食べることに不安を感じる心配があるので、大事を取ることにした。

ご飯を使った料理のバリエーションは、一子の提案だった。子供たち全員、ご飯は食べられるという。おにぎり、丼(どんぶり)、混ぜご飯、チャーハン、ピラフ、ドリアなど、手間を掛けずに作れる料理がいくつもあるから、忙しい母親たちの役に立つだろう。

「まず、木綿豆腐に重しをして下さい。水分が切れるのを待つ間、玉ネギをみじん切りにします」

二三の言葉に合せて、万里が玉ネギを刻み始めた。

「もし、ひき肉のつぶつぶの食感が苦手な場合は、フードプロセッサーにかけて滑らかにして下さい。その際、玉ネギを一緒に入れてみじん切りの手間を省くのもありです」

二三ははじめ食堂から持ってきたフードプロセッサーを指さした。ミキサーやフードプロセッサーを使いたい家庭は各自持ち込んでほしい旨、予(あらかじ)め連絡してあるが、持っていない場合は貸すことにしてある。

水気を切った木綿豆腐をポテトマッシャーで潰し、ひき肉と玉ネギのみじん切り、卵、片栗粉を加え、塩胡椒で下味をつけてよく混ぜ合せる。これで豆腐ハンバーグのタネが出来る。これは型に入れて蒸す、オーブンまたはフライパンで焼く、油で揚げると、三種類の方法で調理する。

蒸し物には生姜風味の餡を作って掛ける。焼いたものはソースやケチャップ、オーロラソース、デミソースなど、好みのソースを掛ける。揚げ物はそのまま食べても美味しいし、白出汁で軽く煮て「おでんのがんもどき」風にしても良い。

「お子さんの好みに合せて、ご家庭で色々試してみて下さい。加熱してから冷蔵庫で保存して、二、三回に分けて召し上がっていただくことも出来ます」

二三は説明しながら各ブースを見て回った。作業そのものは簡単なので、親が手早く仕上げてしまわず、なるべく子供たちを調理に参加させてほしかった。親たちにもその意図は伝わっていて、子供たちは拙い手つきで豆腐を潰したり、卵を割ったりしている。材料を手で混ぜ合せる子供たちの表情は楽しげだった。

良かった……。

まずは第一関門を突破して、二三はホッと胸をなで下ろした。

「秋、ほら、お肉も玉ネギもこんなに滑らかになるんだよ」

日渡むつみの夫がフードプロセッサーの中身をボウルに空けながら息子に説明し、最後に付け加えた。

「これ、生クリームを入れたら和風のテリーヌみたいになるんじゃないかな」

「それ、良いですね！」

二三は思わず声を上げた。ダイエット用のレシピでは、テリーヌに使う生クリームを豆腐に変えるものもある。

「あとで皆さんにご提案させていただきます」

「どうも、恐縮です」

むつみの夫は嬉しそうに頬を緩めた。調理器具の扱いは手慣れていて、息子のサポートもぎこちなさがない。日頃からの「イクメン」ぶりが偲ばれた。

「ご主人、お詳しいですね。もしかして料理関係のお仕事ですか？」

後になって卓人という名前だと知った。

「編集者なんです。グルメ雑誌の編集をしたことがあって、詳しくなったんですよ」

むつみの態度は妙に素っ気なかったが、気に留める間もなく同じブースの母親に「中に入れるお野菜、ミックスベジタブルでも良いですか？」と訊かれ、そちらの方に歩を進めた。

「豆腐ハンバーグのタネが完成したら、形成だけしてそのままにしておいて下さい。餃子を作ってから加熱調理に入りますので」

次に餃子作りに取りかかった。「レシピは料理研究家の菊川瑠美が考えてくれた。キャベツ、または白菜をみじん切りにして水気を絞り、ひき肉、ニラと混ぜ合せて調味料を加え、皮で包むのが基本だ。これを焼く・蒸す・茹(ゆ)でる・揚げるのいずれかの調理で仕上げる。

今回は「お子さんが食べられる野菜を使って下さい。葉物がダメならナスでもトウモロコシでも良いです。野菜がダメなら水気を絞った木綿豆腐をマッシュして、ひき肉と混ぜて下さい」と通知した。

今すぐに食べられなくても、今回の調理実習がきっかけで興味を持ってくれたら、いつか口にする日が来るかも知れないのだ。

揚げ餃子の中身は基本の他にスモークサーモンとチーズ、ナスとチーズとピザソース、桃、マンゴー、チョコレート等、餃子のイメージとは違った洋風感覚、デザート感覚で食べられる食材を提案した。中でもフルーツとチョコレートは、子供たちに受け容(い)れられるのではないかと期待していた。

具材が整って皮で包む工程になると、二三、一子、万里の三人は各ブースを見て回って、包み方を指導した。

子供たちは親と一緒に餃子を包むのを楽しんでいるように見えた。笑顔が多く、弾んだ話し声がそこかしこから聞こえてくる。

みんなが具材を包み終った頃を見計らって、二三は黒板の前に戻った。

「皆さん、これから電子レンジで作る、絶対に失敗しないホワイトソースの作り方をお目に掛けます。作り方はプリントにも書きましたが、どのくらい簡単か、実際にご覧下さい」

母親の視線が一斉に二三に向けられた。

「牛乳が苦手な方は、豆乳を使うとあっさり仕上がります。ちょっと多めに作って冷蔵庫に入れておけば、残りご飯でドリア、オムライスのホワイトソース掛け、市販のシチューにちょい足しでグレードアップ、おしゃれなブランチにクロックマダムと、色々なメニューに応用できて、料理の幅が広がりますよ」

クロックマダムは食パンにハム、チーズ、ホワイトソースを載せて焼き、その上に目玉焼きを載せたボリューム満点のご馳走(ちそう)トーストだ。卵もチーズも完全栄養に近いので、これ一枚で一日に必要な栄養はかなり補給出来るだろう。

ホワイトソースは電子レンジを使うと十分で出来る。しかもダマになったり焦げたりという失敗がない。小麦粉とバターを耐熱容器に入れて電子レンジで加熱し、泡立て器でよく混ぜ合せたら少しずつ牛乳を加えて混ぜ、ラップをしないで三分加熱、レンジから出して再び混ぜ合せ、ラップをして一分三十秒加熱、最後に塩胡椒で味を調え、もう一度よく混ぜれば出来上がり。

二三が実際に手順を披露すると、父母たちは小さく溜息を漏らした。

「これなら僕にも出来そうだな」

日渡卓人が誰に言うともなく漏らした。

「ご主人も是非手順を覚えて帰って、奥様が忙しいときは代りに作って差し上げて下さい。そして、お子さんたちにも作らせてみて下さい。自分が作ったホワイトソースなら、安心して食べられると思います」

二三が説明している間に、一子は試食用の小皿にホワイトソースを取り分け、参加している親子に配って回った。

「すごい、滑らか。これがあんな簡単に出来るなんて」

徳井波満子の感想が、母親たちの気持ちを代弁していた。ホワイトソース作りに関しては、誰しも一度や二度は苦い失敗をしている。

「では、最後の調理を始めて下さい」

二三の掛け声で、一同は加熱調理に取りかかった。オーブン、蒸し器、フライパン、中華鍋と調理器具がフル稼動する。

「硬い食感がダメ」な子供のいる家庭は揚げ物は作らず、餃子は水餃子とスープ餃子にした。

やがて各家庭で調理が終り、料理が出来上がった。

「では皆さん、出来上がった料理を隣の部屋に運んで下さい」

波満子の号令で、いよいよ待望の試食タイムとなった。調理実習室に隣接した教室に「いただきます！」の声が響き、割り箸を割る音やスプーンとフォークの入った袋を破る音が続いた。後片付けの手間を省くために、食器とカトラリーは百均で買った使い捨て品を使用したからだ。

これから楽しい親子の食事風景が続くものと誰もが思ったのだが……。

「秋！」

卓人の怒気を含んだ声が耳に刺さった。

「なんてことするんだ！」

あわてて日渡親子の席を見れば、秋が口に入れた豆腐ハンバーグを皿に吐き出していた。

卓人は椅子を降りて床に膝をつき、秋の肩に両手を置いて顔を覗き込んだ。秋は顔を強張らせて、頑なに目を合せまいとしている。

「食べられないのなら、ちゃんと理由を言いなさい。パパとママが一生懸命作った料理だぞ。何処が気に入らないんだ？」

「あなた、もう良いから……」

むつみが困惑気味に顔を曇らせて首を振った。しかし、卓人はそんな妻の様子には気付かない。

「毎日お前のことで、パパもママもどのくらい苦労してると思ってるんだ？　一日くらい普通に物が食べられないのか？」

周囲ではみんな遠慮がちに親子の様子を窺っている。楽しい食事の時間が台無しだった。

「あなたにそんなこと言う資格があるの？」

低いがハッキリした声でむつみが言った。卓人は驚いて妻の顔を見上げた。

「毎日苦労してるのは私じゃない。上から目線で指図ばっかりして、クソの役にも立たないくせに、イクメン面しないでよ！」

卓人は一瞬ポカンと口を半開きにしたが、次の瞬間には頬を紅潮させ、唇をわなわなと震わせた。反論、と言うより怒りの言葉が頭の中を駆け巡っているのだろう。

しかし卓人が何か言い返す前に、紙の皿を手にした一子が日渡親子の前に立った。

「秋くん、これ、食べてみない？」

一子は穏やかに微笑み、秋に紙皿を差し出した。載っているのは小さなおにぎりだった。

「ご飯炊くところ、さっき見たでしょ。これはあのご飯を握ってお塩を付けただけ。他に何も入ってないわ。これなら大丈夫よね？」

秋は小さく頷き、おにぎりを手に取った。そして恐る恐る口に入れ、ゆっくりと咀嚼した。

「……おいしい」

「そう。良かった」

一子は秋の頭をなでてから、むつみと卓人に向き合った。

「お父さんとお母さんは、せっかくですからお作りになった料理を試食なさって下さい。余った分はお持ち帰りできますから、ご家庭で息子さんに試食してもらって下さい」

一子の介入のお陰で、むつみも卓人も頭に上っていた血がすっかり下がったらしい。二人とも恐縮しきった顔で頭を下げた。

「ご迷惑をお掛けして、申し訳ありませんでした」

「いい大人が場所柄も弁えず、せっかくの雰囲気を壊すようなことをしてしまって……」

一子は気の毒そうな顔で首を振った。

「あたしたちも勉強不足でした。人一倍敏感なお子さんたちですものね。いつもと違う教室で、知らない大人が大勢いる中でご飯を食べるのは、すごく緊張するんでしょう」

むつみと卓人はハッと息を呑む顔になった。

「大人だって自分の気持ちを言葉でキチンと説明するのは大変です。まして小さなお子さんなら、上手く行かないこともありますよ。おうちへ帰ったら、ゆっくり休んで下さいね」

一子は軽く頭を下げて、日渡親子の元を離れた。

教室は再び元の雰囲気を取り戻し、試食会は楽しくにぎやかに再開し、やがて幕を閉じた。

　教室に参加した親子連れは帰り、残ったのははじめ食堂の三人と、PTA役員の徳井波満子、日渡むつみ、新村香恵だった。

「本日はまことにありがとうございました。体験教室、大成功でした」

「あのレンチンのホワイトソースは、全員作ると思います」

　香恵に続いて、むつみが頭を下げた。

「あの、今日は本当にごめんなさい。はじめ食堂の皆さんにも、佃小学校の皆さんにも、心からお詫び申し上げます」

　深々と頭を下げるむつみを、二三はあわてて制止した。

「どうぞ日渡さん、お気になさらないで下さい」

　すると波満子が二三と一子を見て、小さく肩をすくめた。

「はじめ食堂の皆さんには申し訳ないけど、実は私、日渡さんの気持ち、良く分るんです。私、離婚経験者なんで。別れた夫が仕事優先で全然育児に協力しないんで、ある日ブチ切れちゃって」

　波満子は大手美容室チェーンの美容師で、帝都ホテル店の店長を務めている。実力があるのだろう。

　すると香恵も大きく頷いた。

「うちだって似たようなもんです。うちは学生結婚で、連れ合いは都立高校で教えてます。立場は同じなのに、ゴミ出しやるだけですごく恩着せがましいこと言うんですよ。今日だって、一緒に行こうって誘ったのに、研究があるとか何とか言って……部屋でネット観てるだけのくせに」

香恵は有名私立女子校の教師だった。

「やっぱ、男ってダメなんすかねえ」

万里は困ったような顔で二三と一子を交互に見た。

「結局はコミュニケーションの問題なんじゃない？」

二三が問いかけると、一子は迷いのない声で答えた。

「もう一つは余裕かしらね」

一子は三人のPTA役員に同情のこもった眼差しを向けた。

「皆さん、お仕事で忙しい上に、お子さんのことでは普通以上に手間も時間もお金もかかる。だから毎日百パーセントの力を出して生きてらっしゃるんですね。でも、人間毎日百パーセントは出せないんですよ。古今亭志ん生だって『毎日本気で落語やったら死んじまう』って言ったそうですから」

一子が微笑むと三人もつられたように頬を緩めたが、その目にはホッとしたような色が浮かんだ。

「偉そうなことは言えませんけど、毎日少しずつ手を抜いたほうが良いですよ。お子さんの食事で手間がかかるなら、大人は市販のものを買っても外食しても良いじゃありませんか。生活は短距離走じゃありません。一生続くマラソンです。本人が疲れないように、飽きないように手抜きしないと、続くもんじゃありませんよ」

波満子もむつみも香恵も、目に見えて表情が明るくなった。

「不思議。一子さんにそう言われると、目の前がパーッと明るくなるわ」

「私も。帰ったら出前取っちゃおう」

「うちは、久しぶりにファミレスに行こうかしら」

三人の顔に笑みが生まれた。

「親子料理教室」はそれなりに成功したと、二三は思った。色々あったが、笑顔で終れたのだから。

翌日からはじめ食堂は普段通りの営業に戻った。今年は八月十五日が日曜日なので、十四日の土曜日は休むが、それ以外は特別にお盆休業はしない。

今日も昼のランチ営業を終え、夕方五時半から再び店を開けた。

一番乗りは康平と瑠美で、開店五分後に現れた。

「昨日の料理教室、どうだった？」

開口一番、瑠美が尋ねた。その話が聞きたくて早めに来店したのだろう。

「好評でしたよ。先生の餃子も大人気」

「ああ、良かった。不評だったら責任感じるとこよ」

二三はおしぼりとお通しを出した。今日のお通しは枝豆。平凡だが旬の枝豆は美味しい。

しかもビールと相性抜群だ。

「小生二つ！」

早速康平が注文した。

「康ちゃん、今日は鰯のカレー揚げと、冷や汁があるわよ」

一子の言葉に、康平も瑠美もパッと目を輝かせた。どちらも二人の大好物だ。

「よし、今日はそれを中心にメニューを組み立てよう」

「まずはサラダね。カプレーゼ風と、とんしゃぶ。どっちにする？」

「最初はトマトとチーズ、行っとくか。肉は王道の串焼きで、サテなんかどう？」

「そうね。それじゃあ、野菜ものをもう一品……空心菜炒めは？」

「うん。決まり」

「あら、スパニッシュオムレツだって。これもお願いします」

「先生、山手のおじさんの卵好きが移ったんすか？」

「そういうわけじゃないけど、これって新メニューでしょ？」

「先生、さすが」

　万里は指を二本眉毛に当て、敬礼の真似をした。

「え、そうだっけ？」

　康平が改めてメニューを見直した。

「おじさん、ここに来るたんびに卵料理注文してるから、とっくにやってると思った」

「ところが初メニュー。おじさんはほら、卵のふわっ、とろっ、つるって食感が好きなんで、固めにしっかり焼いた料理は出してないんだよね」

　万里は口を動かしながらも手早くサラダを盛り付けた。トマトとチーズも鉄板のコンビだろう。赤、白、緑の三色に黒オリーブの薄切りがアクセントを添えて、見た目も美しい。

　横では二三がタレに漬けたラム肉を串に刺し、魚焼きのグリルに並べている。

「万里、空心菜とオムレツ、どっちが先？」

「どっちでも良いよ」

「じゃ、オムレツ先で頼むわ。スペインつながりでイェット合せるから」

　隣で瑠美が微笑んでいる。ヴィン・イェットはスペインのスパークリングワインで、瑠美はスパークリングワインが大好きなのだ。

「こんばんは」

　ガラス戸が開いて、新しいお客さんが入ってきた。

「まあ、いらっしゃいませ！　ようこそ！」

日渡むつみと卓人夫婦、それに秋まで一緒だった。

「どうぞ、お好きなお席へ」

二三はカウンターから足早に出て、テーブル席を指し示した。親子は四人掛けのテーブルに腰を下ろした。

「実は、息子が『きれいなおばちゃんのおにぎりが美味しかった。もう一度食べたい』って言うんですよ。それで……」

卓人はカウンターを振り返り、一子に会釈した。一子も嬉しそうに会釈を返した。

「私も家で握ったんですけど、味が違うって言うんです。それで、お宅のお米とか、ご飯の炊き方とか、握り方とか、秘訣(ひけつ)みたいなものがあったら教えていただけないかと」

二三はおしぼりとお通しを置きながら、一子を見た。

「そんなものはないと思うんですけどねえ。お米はお米屋さんが届けてくれますが、特別なブランドじゃないですし」

一子は額に指を当てて考える顔になった。

「食堂はガス釜を使ってますが、昨日は電気釜でしたよねえ。普通の家庭と違うことは特に……」

「……分った！」

カウンターから瑠美の声が飛んだ。日渡夫婦は驚いて声の方を見た。

「あ、ご紹介します。料理研究家の菊川瑠美さんです」

二三が言うと、むつみはあわてて立ち上がり、頭を下げた。

「私、テレビ拝見してます！」

瑠美は五年前から、テレビの料理番組に週一回出演している。

「畏れ入ります。差し出がましいことですが……」

瑠美も一度立ち上がって頭を下げ、言葉を続けた。

「一子さんは糠漬けを作っていて、毎日何回も糠味噌をかき混ぜてるんです。糠漬けは乳酸菌なんですよ。だから一子さんの手には、乳酸菌や、もしかしたら糠床に含まれているその他の良性の菌が付いているのかも知れません。きっとそれで、一子さんのおにぎりは美味しいんですよ」

日渡夫婦はもちろん、二三も万里も康平も当人の一子も、すっかり感心してしまった。

「さすが、料理研究家っすねえ」

間抜けな声を出した万里の後ろで、一子はせっせとおにぎりを握っていた。

「はい、どうぞ」

塩結びを三つに別皿で焼き海苔と漬物を添え、一子は日渡親子のテーブルに運んだ。

「いただきます」

親子はおにぎりを手に取った。そっと口に入れ、目を細めてゆっくりと味わう。

「……美味しい」

むつみが溜息と共に漏らした。

「よろしかったら、お味噌汁もどうぞ」

二三が味噌汁の椀を三つテーブルに置いた。冷や汁用に作った味噌汁を、急遽小鍋で温めたもので、具材はお麩だけだ。

むつみは味噌汁を啜って椀を置いた。

「昨日は本当にすみませんでした。実は、私たち夫婦はどちらも編集者です。去年からリモートワークが増えて、家で過ごす時間がもの凄く多くなったんです。結局、それがストレスで……」

「以前は二人が一日一緒にいるのは週一回か、多くても二回くらいだったんですが、あの流行病で、今では下手すると週に五日から六日も家の中で過ごすようになってしまいました。そうすると、それまで気にしなかった細かいことが気になってきて、つい余計なことを言ってしまったり……」

むつみも卓人も、忸怩たる口調だった。

その状況が想像できるだけに、二三は二人が気の毒だった。

「あのう、料理研究家の土井善晴に『一汁一菜でよいという提案』という本があるんです」

　以前、菊川瑠美が教えてくれた本だ。

「毎日の食事は具沢山の味噌汁があれば、あとはご飯と、ご飯のお供ひと品で良い、という内容です。お供というのは海苔とか、梅干しとか、漬物とか、佃煮とか、手のかからないおかずです。手のかかる料理は、時間のあるときにたまに作れば良いんだって、土井先生は仰っています。私、大賛成ですよ」

　二三は励ますように言葉を続けた。

「作る時間がなかったら、外食したって良いじゃないですか。うちが食堂だから言うわけじゃないですけど、外でご飯食べると気分転換になりますよ。家族で同じ物食べなくても、秋くんは秋くんの食べられる料理を注文して、ご両親は好きなもの食べれば良いじゃないですか」

「あのう、もう一つ良いですか?」

　瑠美が遠慮がちに声をかけた。

「日本人はお米が食べられれば一応大丈夫です。昔、戦争で籠城なんかするとき、西洋は家畜とかいっぱい囲い込んだんですけど、日本の食料備蓄は米と塩だけだったんです。しかも戦国時代は玄米だったはずなんで、それだけで完全栄養なんですよ」

　むつみも卓人も瑠美の言葉に熱心に耳を傾けている。

「お子さんがおにぎりを食べられるなら、あとは必死になっておかず作らなくても大丈夫ですよ。牛乳、卵、チーズはタンパク質が豊富なので、お肉やお魚が苦手ならそっちで代用できます。野菜が苦手でも、今は良いサプリメントを売ってます。少し気楽に考えて、食事を楽しむムードを大事にして下さい」

むつみと卓人は霧が晴れたような顔で何度も頷いた。

「ありがとうございます。お言葉、胸に響きました」

と、万里がカウンターから身を乗り出した。

「おばちゃん、スパニッシュオムレツ上がったよ。イェット用意して」

「は〜い」

二三はカウンターを振り返った。円形のオムレツが美味しそうな湯気を立てていた。

秋は珍しい形のオムレツをじっと見た。

「あれ、食べてみるか？」

秋は黙って頷いた。

むつみは卓人と目を見交し、テーブルのメニューを開いた。そして上から順番に目で追うと、再び卓人とアイコンタクトしてから右手を挙げた。

「あの、すみません、今日のお勧めは何ですか？」

二三も一子も万里も、そして康平も瑠美も、むつみの発したひと言に無言で声援を送った。それは家族が食事を楽しむための、小さくても大切な、最初の一声だった。

第四話

焼肉で勝負！

暦は九月に変ったが、まだまだ残暑は厳しい。残暑と言うより、八月の猛暑がそのまま継続している感じだ。

「冷やしナスうどん、セットで！」

四人で来ていたワカイのOLが、二三に向って右手を挙げた。

「はい、冷やしナスセットいち！」

カウンターを振り向いて声を張ると、仲間のOL三人も続いて注文した。

「私も冷やしナス、セットで！」

「チキン南蛮！」

「煮魚！」

本日のはじめ食堂のランチは、日替わり定食が冷やしナスうどんとチキン南蛮。冷やしナスうどんは単品だとワンコインになる。猛暑の季節にはみんなこぞってサッパリした冷たい麺類を食べたがるだろうと思いがちだが、暑さに負けずにこってりした揚げ物を好む人もいる。十人十色、胃袋も色々だ。

　そして焼き魚は甘塩鮭、煮魚は鰯の梅煮。小鉢は卵豆腐、厚揚げと玉ネギの味噌炒めの二品。味噌汁は豆腐とオクラ、漬物はキュウリとナスの糠漬け。

　これにドレッシング三種類かけ放題のサラダが付いて、ご飯と味噌汁はお代わり自由。特に安いとは云えないが、極力既製品を使わずに手作りを心掛ける心意気がお客さんの心に届き、猛威を振るった流行病にも負けずに生き残った。

「ここのタルタル、ホントに美味しいのよ。魚介のフライには必ず付いてくるの」

　チキン南蛮を注文したＯＬが言うと、向かいのＯＬが頷いた。

「牡蠣フライに付いてたわよね」

「うん。それと、サーモンフライにも」

「牡蠣フライ、いつからだっけ？」

「十月。だよね、おばちゃん？」

「はい、その通り。十月から三月までやっております。前日予約ありですから、その節はよろしく」

　二三はニッコリ笑って軽く頭を下げ、定食の盆をテーブルに運んでいった。

「ねえ、おばちゃん。今年は秋刀魚の塩焼き、出ないの？」

　ご常連の中年サラリーマンに尋ねられ、思わず眉を曇らせた。

「まだ分らないのよねえ……」

ここ数年、秋刀魚の漁獲量は減る一方だ。多少持ち直した年もあったが、最盛期とは比べるべくもない。しかも魚自体が年々小さくなって、脂の乗りも悪くなっている。早い話が、十年前は一尾百円で買えた生の秋刀魚が、今や三百円以上する高級魚になってしまったのだ。

秋刀魚の旬は九月から十月のひと月強。これから豊漁になってくれれば良いが、おそらく、もうそんな僥倖は期待できないだろう。

「暗い顔すんなよ。俺はもうここのランチで一生分喰ったから、諦めるよ」

サラリーマンは苦笑いを浮かべ、割箸を割った。

「ごめんね。私だってジュウジュウ脂の乗った秋刀魚を食べさせたいんだけど、もう、庶民の口には入らないみたい」

二三はやれやれと肩をすくめた。

ここ数年、日本近海の魚はいったいどうしてしまったのかと思う。イカも秋刀魚も「何だか品薄になったなあ」と思ったら、あっという間に手の届かないところへ行ってしまった。

「ご飯と味噌汁、お代わりね！」

別の席の若いサラリーマンが呼びかけた。

「はい、毎度」

たちまち二三は笑顔になる。料理の仕事に携わる者は皆、美味しい物を食べること、美味しい物を食べさせることが大好きだ。それが嫌いな人は仕事を変えた方が良い。

いそいそとご飯と味噌汁のお代わりをよそい、お客さんの前に出す。学生時代に何か激しいスポーツをやっていたのか、筋骨逞しい体型だ。これならご飯の三杯くらいはイケるだろう。

おっと、うちは食べ放題でやってるんじゃなかった。三杯以上は行きませんようにっと。

二三はあわてて自戒した。最近はお代わりをする人が少なくなったので、たまによく食べるお客さんが来ると、嬉しくなってつい商売を忘れそうになる。

やがて食べ終ったお客さんたちが席を立ち始めた。時刻はちょうど十二時。これで第一陣が終り、第二陣が始まる。十二時半にもう一度入れ替わりがあって、午後一時を回ると、はじめ食堂のランチタイムも終りが近くなる。

「秋刀魚ねえ。去年一回くらいは食べたと思うけど……」

野田梓が鰯の身を骨から外しながら言った。

「今年はどうなることやら」

「日本も本気で海産資源の保護に乗り出さないと、痩せた旨味のない魚しか食べられなくなるかも知れない」

三原茂之は焼き鮭の皮を剝がしている。

「これからの時代、稚魚まで根こそぎ獲るような漁法は、海産資源を枯渇させる一方だと思いますよ」

二三は梓と三原の前に、チキン南蛮を一切れ載せた皿を置いた。もちろん、自家製タルタルソース付きである。

三原は「知合いの仲卸業者に聞いた話ですが」と前置きして、先を続けた。

「一番成功したのがノルウェーです。一九七〇年代には日本と同じく、漁獲量が減って危機に陥ったんですが、国が対策に乗り出して、一隻の漁船が一年間に獲れる魚の量を厳しく規制して管理しました。ノルウェーはサーモンが有名ですが、鯖や鱈も品質が良くて漁獲量も豊富なんです。政策が功を奏して漁獲量は上がり、魚の輸出額は十年間で三倍になったそうですよ。もちろん漁師さんの収入もうなぎ登りで、今や若者のあこがれの職業です」

二三には耳を疑うような話だった。一子も万里も同様だろう。

「そんなお手本があるのに、どうして日本は真似しないんでしょう？」

「まあ、ノルウェーとは事情が違う点もあるんで……」

三原はほんの少しバツの悪そうな顔をした。

「日本近海で獲れる主な魚は十七、八種類ありますが、ノルウェーは四、五種類です。だから魚の種類別の管理がずっと楽なんですよ。それと……」

ノルウェー政府は四万二千隻あった船を七千隻に減らし、漁船の大型化・高機能化を図った。その結果、老朽化した漁船と小型漁船は廃船の憂き目に遭った。当然ながら割を食う漁師も出た。しかし、ノルウェー政府は漁業の将来のために、敢えて痛みを伴う改革に踏み切ったのである。

「日本も小型漁船が多いんですよ。でも、日本政府にノルウェー政府のような果断な処置が出来るかどうか」

「……そうですね」

さもありなん、と二三は納得した。

「ただ、今、福島沖の漁場は非常に豊かなんです。それは、原発事故の影響で三年間漁が出来なかったからだそうです。少し休ませてやれば、海はどんどん豊かになるんですよ。それが分っているんだから、もっとそこら辺、上手く出来ないもんですかねえ」

三原は焼き鮭を口に入れ、目を細めた。

「うん、美味い」

そしてゆっくり味わってから、しみじみと言った。

「美味しい塩鮭やアジの干物が当たり前に食べられる日が、いつまでも続くことを願いますよ」

梓が鰯の梅煮に箸を伸ばした。

「鰯と鯖も、永遠に庶民の味方でいてほしいわ。秋刀魚はいつの間にか玉の輿に乗っちゃうし、イカも高嶺の花になっちゃったし」

「もう、同感よ。ランチに秋刀魚の塩焼きが出せないと思うと、泣けてくるわ」

「ねえ、魚の世界には将来有望な新人とか、出てこないの？」

「う～ん」

二三は腕組みをして眉を寄せた。秋刀魚とイカに代る、新しい庶民派の魚介類は何かないだろうか？

「……ないなあ。深海魚辺りに何か出れば良いんだけど」

流しにたまった食器を洗いながら、万里は苦笑を浮かべた。

「おばちゃん、それどこじゃないよ。このまま地球人口がどんどん増えてくと、食糧危機になって、今世紀末には昆虫喰わないといけなくなるってさ」

二三も梓も目を剝いた。

「私、昆虫キャンデー食べたくない。蜂の子もイナゴも、無理！」

「だから、捕鯨禁止なんてやめにすれば良いのよ。ミンククジラなんて増えすぎてるんだから」

すると、三原が皮肉っぽく片方の眉を吊り上げた。

「いずれ廃止されるんじゃないですか。彼らは自分に都合が悪くなると、平気でルールを変えますからね」

「あるある、スキーのジャンプ！」

「バサロ泳法！」

二三と梓は互いを指さして、つい大きな声を出した。

スキーのジャンプ競技は日本選手がオリンピックでメダルを量産するなど好成績を収めていたが、小柄な日本人に不利なルール変更が何度も行われ、その後不振に陥った。そしてバサロ泳法は、鈴木大地選手がソウルオリンピックで金メダル獲得後に、使用が大きく制限された。

二三も梓も、まだ熱心にオリンピックをテレビで観戦していた時代の出来事なので、印象に残っているのだ。一方で、その後に生まれた万里はキョトンとしている。

一子はカウンターから様子を眺めて、ちょっぴりおかしくなった。三世代が集うはじめ食堂は世代間ギャップが日常茶飯事だ。それでも諍いも起こらず、和気藹々と日が流れてゆく。

人と人との間柄とは、何と不思議なものだろう。ほんの少しの違いで苦痛になる相手もいれば、大きな違いが楽しい相手もいる。それは性別や年齢とは関係がない。きっと、相性というやつだろう。

そう考えると、一子は感謝の気持ちが湧いてくる。相性の良い夫と家族に恵まれ、今も相性の良い人たちに囲まれている。どこかにいるはずの神様、どうもありがとう……。

目の前で、万里がパチンと指を鳴らした。

「はい、術は解けました」

一子は目を瞬き、ゆったりと微笑んだ。


「冷やしナスうどんか……」

料理のメニューに目を落とし、山手政夫が呟いた。

「今じゃ一年中売ってるが、そろそろナスも名残だよな」

「うちも、冷やしナスうどんは今日で年内最後。やっぱり夏のムードだから」

二三は山手の前に里いもの含め煮の器を置いて言った。

夕方店を開けて小一時間ほど経った時刻で、店内は山手の他、テーブル席が二つ埋まっている。まずまずの入りだ。

「キノコクリームオムレツたあ、どんなもんだ？」

生ビールの小ジョッキを片手に、山手がカウンター越しに万里を見上げた。

「オムレツにマッシュルーム入りのホワイトソースかけたやつ。秋だから、そろそろキノコも良いでしょ」

「美味そうだな」

山手は三代続いている鮮魚店魚政の大旦那だが、一番好きな食べ物は卵だった。

「おじさん、椎茸とマッシュルームって、オムレツに合うんだよ」

「ふうん」

「食感ツルツルで柔らかいじゃん。オムレツにする場合、炒めた玉ネギとかチーズとか、食感の似てるもんと相性良いんだよね。考えてみりゃ、トリュフもキノコだしさ」

万里は話しながら戻りガツオと玉ネギのピリ辛和えを仕上げた。脂の乗った戻りガツオは、もちろん魚政から仕入れた。水に晒した玉ネギの薄切りと酢醤油で和えるのだが、豆板醤を加えて辛味を利かせたところがひと味違う。

「うん、これは日本酒だな」

ひと箸つまんで、山手はチラリとカウンターに目を走らせた。

生憎、酒屋の若主人辰浪康平の姿はない。以前は口開けに来店して、毎回のように顔を合せていたのだが、去年から料理研究家の菊川瑠美との仲が進展し、二人揃って七時を過ぎてから来ることが多くなった。

山手の気持ちを察して、二三が素早く言った。

「おじさん、美丈夫の純米吟醸が入ってるわよ。高知のお酒だから、カツオにピッタリだと思うけど」

山手はたちまち相好を崩した。

「そうか。じゃあ、一合、冷やで」

「あ、忘れてた！」

万里がパチンと指を弾いた。

「おじさん、カニ玉も出来るよ」

「カニかまだろ」

「ちがうって。おばちゃんが業務用スーパーで、おつとめ品のカニ缶、大量に仕入れてきたの」

「人聞きの悪いこと言わないでよ。賞味期限ギリギリセーフだったんだから」

二三が同意を求めるように一子を見た。

「そうそう。それに賞味期限は消費期限と違うからね」

山手は疑わしそうな目を万里に向けた。

「カニ玉って甘酢あんかけだろ？　俺はどうもあの甘酸っぱいのが……」

「任せなさいって。おじさんには芙蓉蟹をお作りしましょう」

「なんじゃ、それは？」

「中華風蟹入り卵焼き。甘酢あんなしのやつ」

実は芙蓉蟹とは中国語で蟹入り卵焼きのことで、甘酢あんをかけた広東風（カントン）、炒り卵状の北京風（ペキン）、白身だけを使う上海風（シャンハイ）など、いくつかのレシピがある。

「う～ん。キノコと蟹か」

山手は腕を組んで首をひねった。

「取り敢えずキノコにしとけば？　カニ缶は日持ちするから、来月でも大丈夫よ」

二三はうっかり口を滑らせ、あわてて片手を振った。

「うそ、うそ。賞味期限切れの品は使いません！」

「ふみちゃん、俺はそんな尻（けつ）メドの小せえ男じゃねえよ。細かいことは気にしない主義さ」

山手は嬉しそうに言って、生ビールの残りを飲み干した。

「さすが魚政二代目！　ふとっ腹」

万里が囃（はや）すと、山手は歌舞伎（かぶき）役者のように見得（みえ）を切った。そして真顔に戻ると、思い出したように言った。

「そういや、近頃（ちかごろ）、はなちゃんは来てるか？」

桃田（ももた）はなは万里の自称ＧＦ（ガールフレンド）で、二人は掛け合い漫才のような遣（や）り取（と）りをするのが常だった。

二三と一子と万里は、誰（だれ）からともなく互いに顔を見合せた。

「そう言えば、近頃ずっと御無沙汰ね」

「八月の初めに来たよね、佃小で料理教室やる前に」

「前は、週に一度は来てくれてたんだけど……」

二三は宙を見上げて記憶を巻き戻した。はながこの前来店してから、かれこれひと月以上になる。前回来店したときは、新任の上司が出来る人で、はなも特別に目をかけられていると、嬉しそうに語っていたのだが。

「仕事が忙しいんじゃないのか？」

山手が言うと、万里が首を振った。

「去年の流行病から、アパレルは暇だと思うよ。それにあいつ、忙しいほど居酒屋行きたくなるタイプだし」

「病気じゃないと良いけどね」

一子の言葉に、万里は眉をひそめた。

「……なわけないって。憎まれっ子世にはばかるを地で行ってるようなやつだから」

言葉とは裏腹に、万里は本気で心配になったようで、気遣わしげに視線を泳がせた。

そこへガラリと戸が開いて、噂の主・はなが入ってきた。

「こんばんは。四人なんだけど」

屈託のない表情で、顔の横で指を四本立てた。後ろに三十代半ばの男性一人とはなと同年代の女性が二人、立っていた。

「いらっしゃい。どうぞ、お好きなテーブルへ」

はなは連れの男女を奥のテーブルに案内すると、カウンターにやって来た。

「よう、はなちゃん、久しぶりだな」

「おじさん、元気そうだね」

「お互いにな」

山手と軽く挨拶してからカウンターの万里に手を振った。

「ちょっと御無沙汰だったから心配してたのよ。元気そうで良かった」

二三が言うと、はなは得意気に鼻をひくつかせた。

「フフフ、やっぱり。私も今頃万里が病気してるんじゃないかと思って心配してたんだ」

万里が声を出さずに「バ〜カ」と言った。

「会社の方？」

「うん。課長と同僚」

「この前言ってた方ね？」

「そうそう。デキる上司」

はなもテーブルに戻り、おしぼりとお通しを運んできた二三に連れを紹介した。

「丸橋課長、金井さんと中根さん」

「いらっしゃいませ。お噂ははなちゃんから伺ってました。どうぞごゆっくりしてらして下さい」

「どうりで、最近クシャミが出ると思った」

丸橋は如才なく応じて、飲み物の注文をまとめた。背が高くスリムな体型で、アパレルメーカーに勤めているだけに服装のセンスも良かった。縁なし眼鏡を掛けた顔は色白で、冷たいくらい端整に整っている。きっと部下の女子社員には〝憧れの上司〟なのだろう。

「ナスのディップ？　この店、洒落たものがあるな」

メニューを眺めていた丸橋が意外そうな声で言った。

「でしょ。ここ、店はボロいけど料理はイケてんですよ」

「ボロじゃありません。ビンテージ、あるいは時代がついた」

二三がわざとらしく胸を張ると、万里もカウンターから身を乗り出した。

「おまけにシェフがイケメンだ～」

「バ～カ」

はなが言い放ち、女性二人は笑いをかみ殺した。

飲み物が運ばれ、一同は高らかに乾杯した。はなはカウンターに向って声をかけた。

「万里、今日のお勧めは？」

「ナスのディップ、戻りガツオと玉ネギのピリ辛和え、ナスの挟み揚げ、茹で豚のサルサ・ヴェルデ……」

「ああ、イタリアンの緑のソースだね」

女性三人が「サルサ・ヴェルデ」という言葉に戸惑いを見せると、丸橋がさらりと知識を披露した。

「さすが、ご博識」

万里もすかさず合いの手を入れて、雰囲気を盛り上げた。

「卵料理はキノコクリームオムレツと芙蓉蟹がお勧めです」

どっちにするか、女性たちは一斉に丸橋の顔を窺った。

「そうだなあ。両方頼んでみんなで分けても良いけど、取り敢えず芙蓉蟹にしようか。まだ中華のメニューは登場してないから」

「そうですね。万里、つーわけで、お願い」

「へい、毎度」

万里は早速調理に取りかかった。

まずはオードブルにナスのディップ。良く焼いたナスを包丁で細かく叩き、練りゴマとオリーブオイル、塩、レモン汁と混ぜて味をつけ、刻みパセリを散らして塩を混ぜたヨーグルトと一緒に皿に盛る。それを焼いたパンにつけて食べるのだが……。

「美味しい！　ナスってこんなにコクがあるんだ」

「肉や魚介のテリーヌは食べたことあるけど、ナス、負けてないね」

中根と金井は一口食べて目を見張っている。

「前にフムスっていう中東料理を食べたことあるけど、一脈通じる旨さだよね」

「フムスって何ですか？」

「簡単に言えばひよこ豆のペーストかな。マッシュポテトが豆になったみたいな……。濃厚でヘルシーだって、今じゃベジタリアンやヴィーガンにも人気らしいよ」

丸橋の解説に、女性三人は感心したように頷いた。どうやら部下から信頼されているらしい。

「それにこのパンも美味しいわね」

中根が軽く焼いたバゲットにディップを載せながら言った。

「これ、近くの店で焼いてんの。食パンとコッペパンとフランスパンの大中小しか置いてないんだけど、すごく評判良いらしいよ」

姉弟（きょうだい）で営んでいる月島（つきしま）のハニームーンは、小さいが行列の出来る人気店だ。

「去年十二月に、パンにあれこれ載せたのを食べたけど、超美味かった。クロなんたらっていう……忘れちゃった」

「クロスティーニ？」

「それ、それ！」

女性たちは再び丸橋に尊敬の眼差しを向けた。

四人は戻りガツオと玉ネギのピリ辛和えが出ると、二三の勧めで美丈夫を注文した。

お次の料理は芙蓉蟹だ。レシピは星の数ほどあるが、万里は卵には蟹と青ネギ少々しか加えない。塩で味を調えたら、油を馴染ませた中華鍋で一気に炒める。スクランブルエッグ状にするので、炒め時間は三十秒ほどだ。卵は半熟状態で、柔らかくトロリとした食感に仕上がる。

出来立ての芙蓉蟹を口に入れた四人は、うっとりと目を細めた。

「カニ玉って、こういうのもあるのね」

「卵自体に甘味があるのよね。あの甘酢はなんだったのって感じだわ」

「僕もこっちの方が好きだな。卵の旨さがストレートに味わえる。それに火の通し加減が絶妙だ」

絶賛する三人を前に、はなはカウンターに向ってウインクした。万里もはなに向ってぐいっと親指を立てて見せた。

その時、一子は厨房の隅から、丸橋が不快そうに眉をひそめるのを目にした。その瞬間、背中をぬれ雑巾でなでられたような悪寒がはしって、首をすくめそうになった。

世の中には店側の人間と客が馴れ馴れしすぎるのを不愉快に思う人もいるから、取り立てて気にすることはないのだが、一子は丸橋の表情に、かつてそれに似た何かを見たような気がして、妙に胸が騒いだ。

卵料理が残り少なくなったタイミングで、二三はテーブルに次の料理を運んだ。

「茹で豚の緑ソースでございます」

「おばちゃん、それじゃ身も蓋も無い。万里が思いっきり気取って作ったのに」

「だって舌嚙みそうなんだもの」

大皿には三ミリほどの厚さに切った豚肉が河豚の刺身のように並び、一切れずつ〝緑のソース〟が載せてあった。柔らかく茹でた肩ロース肉は、客席に出す前にほんの少しレンジで加熱したので、脂身が透き通っている。

四人は揃って箸を伸ばし、肉片でソースを包んで口に入れた。

「肉、美味……」

「ソース、美味……」

女性三人は鼻から大きく息を吐き、そして吸った。

肩ロース肉は茹でるとき、塩と酒以外の調味料を使っていない。だから素直な肉の旨味が詰まっている。

サルサ・ヴェルデはイタリアンパセリ・アンチョビ・塩・オリーブオイル・ワインビネガー、そしてつなぎのパン粉を混ぜ合せたソースで、肉・魚介・野菜と、何にでも合うイタリアの万能調味料だ。茹で豚に添えると、イタリアンパセリの爽やかさが肉の旨味を引き立てる。

　はなは箸を持ったまま、カウンターに声をかけた。

「ねえ、シメは何が良い？」

「リクエスト次第。和洋中なんでも。私の辞書に不可能という文字はない」

　万里はここぞとばかりに反っくり返って見せた。

「もう、おバカなんだから」

　はなはメニューを広げて丸橋に差し出した。

「課長、どうします？」

「そうだなあ……」

　丸橋は食事のメニューを上から順に目で追った。

「ナス料理は食べたから冷やしナスうどんはパスで……チャーハンやパスタも違うよなあ。おにぎり、お茶漬け、焼きおにぎりか。あ、味噌汁と漬物もある」

「よろしかったら、白いご飯とセットもありますよ」

　空いた皿を片付けながら二三が声をかけると、丸橋はメニューから顔を上げた。

「漬物、なんですか？」

「今日はキュウリとナスの糠漬けです。姑のお手製なんですよ。味噌汁の実は冬瓜と茗荷です」

「僕、それをもらいます。君たちは何でも好きなものを……」

「私も課長と同じで」

「私も」

「私、タラコのおにぎりで、味噌汁と漬物セットね」

はなの辞書に遠慮という文字はない。特に食べ物に関しては。

「ごちそうさん」

山手が勘定を済ませて席を立った。すぐにはなも立ち上がった。

「おじさん、またね」

「おう。またな」

山手は軽く手を振って店を出ていった。

「おじさん、少し老けた?」

はなが振り返ってそっと二三に尋ねた。

「おじさんが老けたのは昨日や今日じゃないわよ。もう何年生きてると思ってんの」

「そうだよね」

はなは吹っ切れたように言って席に戻った。

ことさら冗談めかして答えたものの、実は二三も山手のことが気になっていた。御神酒(おみき)徳利(どっくり)だった幼馴染み(おさななじ)の後藤(ごとう)が亡くなってから、山手は確実に気力が衰えてきた。年齢を考えれば無理もないが、それまでの潑剌とした姿を知っているだけに、寂しさを禁じ得ない。

でも、人の心配してる場合じゃないのよね。私だって確実に下降線たどってるんだもん。

二三は自分に言い聞かせ、気持ちに活を入れた。


時刻は九時を回り、その日の営業を終えて閉店した後で要が帰ってきた。編集者という職業柄、出勤したら九時より前に帰宅することは滅多にない。

「ただ今。あ〜、腹へった」

勝手口から店に入ると、空いた席にショルダーバッグを放り出し、賄いの皿の並んだテーブルに進んだ。

「なに、これ？　美味しそう」

ナスのディップに伸ばそうとした手を、二三はぴしゃりと叩いた。

「手を洗ってきなさい。ご飯はそれから」

「は〜い」

要は渋々テーブルから離れ、厨房の水道の前に立った。

「小学生かよ」

万里はバカにした顔で言ってから付け加えた。

「新メニューのナスのディップ、うめえぞ。要の分、残しといてやったからな」

「いつもすまねえな」

要がテーブルに着くと、一子が尋ねた。

「山下(やました)先生は近頃どう？　お元気になさってる？」

「うん。相変わらず大忙し。講演にも呼ばれて行くし」

「そう。そりゃ何よりだ」

山下智(さとる)は訪問診療医で、過去にケニアでNGOをしていた経験などを買われ、要の勤める西方(さいほう)出版の雑誌「ウィークリー・アイズ」でコラムを連載していた。はなの祖母の診療も担当しており、そもそもはじめ食堂に山下を連れてきたのがはなだった。

「土曜日、丹後(たんご)と一緒に先生と焼き肉行くのよ」

丹後千景(ちかげ)は山下の担当編集者で、要とは同期入社だ。

「土曜は会社、休みだろ？」

万里の問いに、要は訳知り顔で首を振った。

「編集者に休みはないの。土日祝日でも作家は書いてる」

「先生は医者だろが」

「金もらって書いてる以上は作家なの」

要はナスのディップを載せたバゲットにかぶりつき、「うめ～」と唸(うな)った。

「万里、ますます腕上げたね」

「日頃の精進の賜物さ。……にしても、なんでお前まで接待に付き合うの？」

「丹後に頼まれちゃってさ。ま、会社から経費出るから、私もたまには高級焼き肉をゴチに……」

要は缶ビールを一口呑み、真顔になって付け加えた。

「先生は何と言ってもまだ素人だからね。たまに編集者が顔つき合せてネジ巻かないと、モチベーションが落ちるかも知れない」

「要も気苦労だねえ」

一子が呟くと、万里がわざとらしく眉を吊り上げた。

「おばちゃん、同情は無用。こいつは会社の金で高級焼き肉……」

言いかけたところでスマートフォンの着信音が鳴った。尻ポケットから取りだして画面を見ると、怪訝そうに眉をひそめてタップした。

「はなから。相談があるから日曜に焼き肉でも食わないかって」

万里はメールを読むと、二三と一子に向って、水戸黄門の印籠のようにスマートフォンを突きだした。

「焼き肉が続くわねえ」

二三と一子は要と万里の顔を見比べた。

「話があるなら、さっき来たときすれば良いのに」

「人前じゃ話しにくいことなのよ、きっと」

要はポンと万里の背中を叩いた。

「万里君にも遅い春が来たんじゃないの」

万里はげんなりした顔で首を振った。

「あいつは春なんて生やさしいもんじゃないって」


九月の第二日曜日、万里はＪＲ御徒町駅ではなと待ち合せた。大江戸線に乗れば月島駅から上野御徒町駅まで乗り換えなしの一本で行ける。

「よう」

はなは先に来て待っていた。時刻は午後一時五分前。

「悪いね。呼び出して」

気のせいか、はなはどうも表情が冴えない。いつもの元気パワーが影をひそめている。

「いいって。で、ランチでデート、何処にする？」

「決めてないんだ。ここら辺、焼き肉屋多いからテキトーに入ろう」

「だな。でも、どうして焼き肉なんだ？　男女で喰うと〝焼き肉関係〟を疑われるらしいぞ」

万里は以前聞きかじったトリビアを披露したが、はなはにこりともしなかった。

「ここんとこ精神的に参っててさ。スタミナつけたいんだよ」

万里はスマートフォンを取りだして近隣の焼き肉店を検索した。

「松坂屋(まつざかや)の裏手にあるらしいな」

二人は美味しい焼き肉屋を求めて路地裏に入った。

「で、相談ってなんだよ？」

テーブルに案内され、生ビールの小ジョッキを注文すると、早速万里は尋ねた。

「まずは食べよう。あんまり愉快な話じゃないから、焼き肉が不味(まず)くなるとやだもん」

はなは運ばれてきた牛タンを網の上に並べた。最上を頼んだので、見事に分厚い。桃色の肉には白い脂肪が細かに散り敷かれている。

「韓国じゃ、焼き肉って野菜料理なんだってさ。サンチュに載っけて包んで食べるんだって」

はなはトングでタンを裏返した。溶けた脂が火に落ちて、ジュワッと跳ねた。

「ここ、プルコギもあるね。シメに頼もう」

「焼き肉のシメは普通、冷麺かクッパだろ」

「プルコギはご飯で食べると美味いんだよ」

「カルビだって飯で食うと美味いぞ」

いつものように軽口を叩きながら、二人は次々に焼き肉を平らげていった。ロースを焼き終ったとき、万里が再び尋ねた。

「で、なんだよ、相談って」

はなは言いにくそうに顔をしかめ、声を落として答えた。

「私、どうも先月から、ストーカーされてるんだよね」

思いもかけぬ話に、万里は「まさか」と言いかけて口を閉じた。

ストーカー犯罪は一時に比べれば減少したが、それでも一向になくならない。今や交通事故と同じく、誰もが被害者になる時代だった。はなが被害に遭っても不思議ではない。

「確かか?」

「うん」

はなは唇を固く引き結んで頷いた。

「最初は変なメールが送られてきて、気持ち悪いからブロックしたんだけど、また別のアドレスから送ってくるんだよ。そのうち、夜家に帰るとき、誰かが後をつけてくるみたいな」

「マジかよ?」

万里は思わず椅子から腰を浮かしそうになった。はなは怖いくらい真剣な顔をしている。

「気味悪いから、仕事終ったらなるべく早く家に帰るようにしてたんだ。それで、しばらくはじめ食堂にも来れなくてさ。そしたらメールも来なくなって、後をつけられてる感じもなくなって、やっと安心した。で、この前、課長たちと飲みに行ったんだけど……」

はなは傍らに置いたリュックサック型バッグのファスナーを開き、中から葉書大の紙を引っ張り出して、万里の前に置いた。

それははなの写真で、夜道を歩いているところだった。

「家に帰ってからドアホンが鳴って、出たら誰もいなくて、これが置いてあった。この写真、家の手前の路地だよ。もう、怖くなっちゃって」

はなはその時の恐怖を思い出したのか、小さく身震いした。

万里は腕組みして眉間(みけん)にシワを寄せた。

「家まで来るとなると、相当だよな。警察に相談したか？」

「まだ」

はなは心細げに万里を見た。

「まともに取り合ってくれるかどうか、自信なくて。それに、これまでは気のせいかも知れないって思ってたし」

「写真の一件で、気のせいじゃないってことはハッキリしたわけだ。そんなら早い方が良いぞ。店出たら、俺が一緒に行ってやるよ」

「ほんと？」

「任せなさい」

万里はドンと胸を叩いた。

「それで、どうなったの？」

二三は米を研ぎながら先を急かした。

翌日の月曜日の午前十時、はじめ食堂は今ランチの支度の真っ最中だった。しかし、こんな重大事件の続きを聞かずにはいられない。

「はなと一緒に荒川警察署の生活安全課に行ってさ、被害届を出したわけ」

万里は切り落とし牛肉を大きなボウルに入れ、下味の材料と混ぜ合せながら、続きを話した。

二人に応対したのは四十代半ばの女性警官で、ベテランらしく丁寧に話を聞き、的確なアドバイスをしてくれた。

「ストーカー犯罪というのは、段々とエスカレートしていきます。まずはお宅の最寄りの交番に連絡して、パトロールを強化するように指示しますが、自衛手段も講じた方がよろしいですね」

女性警官は監視カメラを設置するように勧めた。

「外からは見えないような位置に、取り付けて下さい。犯人の映像が映っていれば、ストーカー行為の証拠になります」

そして、なるべく夜間一人で外出するのは避けた方が良い、と付け加えた。

「だからさ、うちに来たときは閉店まで待ってれば、俺が家まで送ってくことにした」

「まあ、万里君、偉いわねえ」

鯖の生姜煮（しょうがに）の鍋を前に、一子が言った。

「それで、監視カメラはどうしたの？」

「荒川署出てから、はなと一緒に量販店で買ってきた。ついでに家まで行って、取り付けてやった」

「まあ、万里君。八面六臂（はちめんろっぴ）の大活躍ねえ」

「乗りかかった船だからさ。それに、ストーカーの野郎も許せねえし。か弱い……まあ、はなはか弱くないけど、とにかく卑怯（ひきょう）だよね」

「ホントよ。早くとっ捕まると良いのにね」

二三は魚用グリルの網に赤魚の粕漬（かすづ）けを並べ始めた。一人分が半身でまかなえる大きさだ。これで一枚二百五十円はありがたい。

やがて炊飯用のタイマーが鳴った。三十分後には炊き上がりと蒸らし済みのタイマーが鳴る。その時までにランチの準備を終えていないとバタバタになる。

二三も一子も万里も、ラストスパートに入った。

「あら、プルコギって、初メニューよね」

日替わり定食のメニューを見て、ワカイのＯＬが二三に言った。

「はい。うちの若頭の提案で、急遽」

昨日の夜、万里から「ねえ、おばちゃん、明日の日替わり、生姜焼き止めてプルコギにしない？」と電話があった。

「急に、どしたの？」

「昼間はなとプルコギ食って、閃いたんだよ。絶対うちのランチでイケるって。アメリカンビーフの切り落とし使えば高くないし、野菜でかさ増しできるし、何より初メニューじゃん」

「そうねえ」

という遣り取りがあって、二三も万里の提案を受け容れた。出してみたら、万里の読みが当たってとても評判が良い。

切り落としの牛肉を醤油ベースの甘辛いタレに漬け込み、玉ネギ・人参・ニラ・しめじなどと炒める韓国料理は、フライパン一つで出来るのもありがたい。

「プルコギ定食！」

「俺もプルコギ！」

あちこちから注文の声が飛んだ。

今日の日替わり定食のもう一品はチキンカツ。焼き魚は赤魚の粕漬け、煮魚は鯖の生姜煮。これも新メニューで、今までは味噌煮ばかりだったが、新聞に載っていた生姜煮が美味しそうだったので作ってみたら、捨てがたい味だった。鯖は生でも酢締めでも煮ても焼いても揚げても美味い魚なのだ。

ワンコインは豚ひき肉と白菜のスープ春雨(はるさめ)。ダイエット女子には人気がある。パクチーのトッピングはお好みで。

小鉢は切干し大根と卵豆腐。今日の吸い物は味噌汁ではなく、プルコギに合せたモヤシとワカメのスープにした。これも初メニューなので、珍しさからお代わりする人が増えた。漬物は一子お手製のキュウリとナスの糠漬け。これにドレッシング三種類かけ放題のサラダが付いて、ご飯とスープはお代わり自由で七百円。

もっと安いランチはあるだろうが、七百円でこれだけのグレードを出せる店は少ないと自負している。

午後一時を過ぎてお客さんの波が引き、ご常連の梓と三原が食事を終えたタイミングで、メイ・モニカ・ジョリーンのニューハーフ三人組が店を訪れた。

「まあ、ど〜も」

「お先に失礼」

「ごゆっくりね」

すっかり顔馴染みになった五人はそれぞれ挨拶を交し、別れていった。

毎週月曜日は、ニューハーフ三人を加えてにぎやかな賄いになる。テーブルを二つくっつけて、料理はバイキング状態だ。

「お初にお目に掛かりま～す！」

三人とも一斉にプルコギに箸を伸ばした。

「美味し～い！」

接客業で鍛えた三人は、いつもオーバーなリアクションで作り手の二三と一子、万里を喜ばせてくれる。

しかし、万里がはなの一件を話すと、三人の表情が引き締まった。

「ストーカー」

メイはプルコギを挟んだ箸を宙に止めたまま、口の中で呟いた。

「で、はなちゃん、大丈夫なの？」

「うん。気味悪がってるけど、もう警察にも届けたし」

「そんな甘いもんじゃないわよ」

ジョリーンは普段のコメディエンヌ振りとは一変し、固い声を出した。

「これまでストーカー犯罪の犠牲になった人たち、みんな警察に届けてるのよ。犯人は警告受けたり、逮捕されたりしたけど、それでも性懲り（しょうこ）りもなく犯行に及んでる。はなちゃんも気をつけないと」

「普通のOLがボディガード雇うわけにもいかないしねえ」

一子が眉を曇らせた。

「でも、そのストーカー、誰なのかしら？」

「一番多いのは元カレだけど、はなちゃんは全然身に覚えないんでしょ？」

モニカの疑問を受けて、メイが万里に訊いた。

「うん。心当たりがあれば話したと思う」

「ストーキングが始まったのは、八月からよね？」

「そう言ってた」

「当てずっぽうだけど、最近知合いになった人じゃないかな。少なくとも今年になってから」

メイは考え込むように視線を落とした。

「昔からの知合いなら、もっと前からストーカーやってると思うのよね。そういう性格って、急に変るもんじゃないし」

「今度はなに会ったら訊いてみるよ」

メイと万里の遣り取りを聞いて、二三の不安は大きくなった。警察でもない素人に、ストーカーの正体が突き止められるだろうか？　そして相手が誰か分ったところで、個人で出来る防衛はたかが知れている。警察に警告を受けるなりして、本人が諦めてくれれば良いが、ストーカーというのは粘着質の性格だから……。

「あたしがその場にいれば、とっ捕まえて焼き入れてやるんだけど」

ジョリーンが口惜しそうに呟いた。元自衛隊の特殊部隊出身で、腕に覚えがあるのだった。


「こんにちは」

その週の金曜日、店を開けてすぐに辰浪康平と菊川瑠美が入ってきた。

「いらっしゃいませ。どうぞ」

二人はいつものようにカウンターに腰を下ろした。

「え～と、飲み物は」

康平がメニューを広げ、瑠美が覗き込んだ。

「あら、今日はスパークリングに良さそうなおつまみが揃ってるわね」

ナスのディップ、筋子とサワークリーム、明太子アボカド&焼き海苔、スモークサーモン&クリームチーズは、すべてパンに載せて食べるメニューで、ワインに良く合う。

「おばちゃん、泡ちょうだい。ランブルスコ、瓶で」

康平が早速リクエストに応えた。ランブルスコはイタリアのスパークリングワインで、昨日、康平がはじめ食堂に卸したばかりだ。

「お通し、インゲンの生姜醬油なんですよ。カナッペ類も一緒にお出ししましょうか？」

「ありがとう、二三さん。是非」

万里が早速用意を始めた。

二三はランブルスコの瓶とグラス二つをカウンターに置くと、厨房に入って万里を手伝った。

瑠美はフルートグラスに注がれたワインを見て声を上げた。

「あら、まあ、珍しい！」

スパークリングには珍しく、濃い赤色だった。

「ランブルスコは白・ロゼ・赤とあるけど、赤が有名なんだ。普通の赤ワインよりサッパリしてるんで、赤が苦手な人も大丈夫」

「私、スパークリングで赤って初めてかも知れないわ」

瑠美は康平と乾杯し、嬉しそうにグラスを傾けた。

「本当！　すごく呑みやすいわ」

二三は手早く用意したカナッペ類をカウンターに並べた。二人はパンに載せたつまみに手を伸ばした。

「九月はナスの旬の最後なんで、ナスメニューを増やしました。そのディップの他に、挟み揚げとグラタン、それと先生のレシピで作った、カツオとナスの黒酢炒め」

二三がメニューを指さすと、瑠美はパッと目を輝かせた。

「黒酢炒めは絶対にいただくわ。私、レシピ作ってから、まだ一度も食べてないの」

康平は伸び上がってカウンターに声をかけた。

「万里、まだカニ缶残ってるか？」

康平と瑠美も芙蓉蟹を食べている。

「残り二缶」

「じゃあ、一缶もらい。シメに蟹雑炊作ってくれ」

「あら、康平さん。注文、まだ早くない？」

「一応予約だけ。後から来た客にさらわれないように」

その時、入り口が開いてはなを先頭に客が入ってきた。先週来店したのと同じメンバーで、上司の丸橋と同僚の女性二人だった。

「まあ、またのご来店、ありがとうございます」

二三が頭を下げると、丸橋が機嫌の良い声で言った。

「すごく良い店で忘れがたくてね。今日も彼女たちを誘ってきてしまいましたよ」

前回は丸橋の奢り（おご）だった。おそらく今回も同じだろう。

テーブル席に着くと、丸橋がカウンターのランブルスコに目を留めた。

「ここ、ランブルスコがあるんですか。前回は気がつかなかったな」

「昨日仕入れたばかりなんですよ」

二三はおしぼりとお通しを並べながら答えた。

丸橋は部下の女性たちの顔を見回した。

「君たち、今日はランブルスコにしないか？　イタリアのワインで、スパークリングには珍しく、真っ赤なんだよ」

もちろん、女性たちは全員「はい」と頷いた。

「それと奥さん、ラストは蟹雑炊四人分、お願いします。この前の芙蓉蟹が美味かったから、今度は蟹雑炊も食べてみたいんです」

「ありがとうございます。それが……」

二三がカウンターを振り向くと、康平はテーブルに背を向けたまま、万里に×印を出した。

「良いの？」

万里が小さな声で尋ねると、康平は大きく頷いた。

「康平さん、男だね」

「今更気付くな」

瑠美は笑いをかみ殺しながら、康平のグラスに真っ赤なスパークリングワインを注ぎ足した。

翌週の日曜と月曜は連休だった。そのせいかこの夜のはじめ食堂も客足が良く、七時には満席になった。

康平と瑠美が料理を食べ終えて勘定をしようかという頃、はなたちのテーブルにはシメの蟹雑炊が運ばれた。

それからほんの十秒ほどの後、店に怒号が響いた。

「なんだ、これはッ！」

二三たちもお客さんも、驚いて声の主を見た。

丸橋だった。怒りで額に血管が浮いている。

「お客さま、何か？」

二三があわてて駆け付けると、丸橋が形相の変った顔で立ち上がった。

「これだ！」

丸橋は右手を突きだした。開いた掌（てのひら）の上には一センチ四方のガラス片のようなものが載っていた。

二三は一瞬で全身が凍り付いた。二三に続いて駆け付けた万里と一子も、それを見て棒立ちになった。

「この店は客の料理にガラスを入れるのか？」

どうしてこんなことになったのか分らない。しかし、店としては致命的な過失を犯したことだけはハッキリしていた。

「課長、落ち着いて下さい」

はなは震える声で丸橋を宥めようとしたが、まるで耳に入らない様子だ。

「責任者を出せ！」

「申し訳ありません」

二三が一歩踏み出すと同時に、万里と一子も前に進み、三人は同時に深々と頭を下げた。

「まったく、なんてことだ！　食品衛生法の基本さえ守れないようなこんな店が、堂々と営業を続けているとは、信じられない！　幸い気がついたから良いようなものの、知らずにガラスを飲みこんでいたら、死んでいたかも知れない！」

はなと同僚の女性二人は、丸橋のあまりの剣幕に呆気に取られ……というより震え上がって、呆然とその場に固まっていた。

他のお客さんたちも突然の騒動に為す術もなく、黙り込んでいた。

丸橋は店内を見回して憎々しげに言い放った。

「皆さん、もう二度とこんな店、来ない方が良いですよ。命あっての物種だ」

すると、菊川瑠美が椅子から立ち上がり、素早く丸橋に歩み寄った。康平が止めようとしたが間に合わなかった。

「失礼ですけど、蟹雑炊に入っていたそれ、ガラスじゃありませんよ」

丸橋は驚いて瑠美の方を見た。

「なんです、あなたは。これはどう見たってガラスでしょうが」

「私、料理研究家の菊川瑠美と申します」

瑠美は丸橋の掌を見下ろし、ガラス片をつまみ上げた。

「これはガラスじゃなくて、燐酸アンモニウムマグネシウム、俗にストラバイトと呼ばれる物質です。蟹や鮭の肉に含まれている微量のマグネシウムが、缶詰加工する際にアンモニウムと燐酸に結合して結晶化した物質です。胃の中ですぐ溶けるので健康上の問題はまったくありません。もちろん、食品衛生法でも安全が認められています」

丸橋は呆気に取られたように、口を半開きにした。

二三たちはもちろん、はなも、他のお客さんたちも、一斉にホッとした顔になった。

「カニ缶や鮭缶には、このストラバイトができることがあります。缶詰業者も随分研究して対策を講じているので、最近は少なくなったんですよ。でも、ガラスが混じっていたという苦情はたまにあるみたいですね」

丸橋は何か言おうとして言い淀んだ。良い台詞を思い付かないらしい。唇だけがヒクヒクと震えている。

「そういうわけですので、苦情は缶詰業者に仰るのが筋です。お店を責めるのは筋違いですよ」

丸橋は無言で背を向けると、ひと言も発せずに店を出て行った。

他のお客さんたちは緊張感から解放され、途切れていた会話を再開した。

賑(にぎ)わいを取り戻した店の中で、はなと中根、金井の三人は途方に暮れたように突っ立っていた。

はながおずおずと口を開いた。

「あの、おばちゃん、取り敢えずお勘定……」

「いえ、今日は結構です」

「でも」

二三は安心させるように首を振った。

「今日はイヤな思いをさせてごめんなさい。お嬢さんたちもびっくりしたわね」

中根と金井は悪夢から覚めたような顔で二三を見た。

「なんか、ホント驚きました」

「課長、別人みたいで、怖かった」

二人は顔を見合せて頷き合った。

「はな、家まで送ってくから、閉店まで待ってろよ」

万里が耳打ちすると、はなは小さく「ありがとう」と答えた。

「先生、ありがとうございました」

二三と一子は瑠美と康平を表の路地まで見送りに出て、改めて礼を言った。すると瑠美は、周囲を窺うように見回して声を落とした。

「話があるの。お店閉めたら戻ってくるから、電話して下さい」

そして強い口調で念を押した。

「あのストラバイト、保管しておいてね」

あんな騒ぎがあったからか、その夜はお客さんが引けるのが早く、九時少し前には最後のひと組を送り出した。

電話をすると、近くのタワーマンションに住んでいる瑠美は五分でやって来た。康平まで一緒に付いてきた。ボディガード代りというより、野次馬根性だろう。

二三も一子も万里もはなも、瑠美の話を待ちかねていた。他の人が気がつかなかった何かを知っているに違いない。

瑠美は店の真ん中のテーブルの前に立ち、蟹雑炊の中から出てきたガラス片を指さした。

「これ、ストラバイトじゃないわ。本物のガラスよ」

全員、大きく息を呑んだ。

「ストラバイトは無色透明なの。でも、これは縁が緑に見えるでしょう」

「そんな……」

二三は青くなって万里の顔を見た。万里も愕然(がくぜん)としている。

「でも、先生、俺は絶対に……」

「分ってます。これは調理中に入ったんじゃない。後から雑炊の中に入れられたんです」

店の中に瑠美の声が凛と響いた。

「今にして思えば、お店に来る前からガラスを入れるつもりで仕込んできたんでしょう。芙蓉蟹(フーヨーハイ)じゃなくて蟹雑炊をオーダーしたのも、一人分が器に入って出てくるので、混入しやすかったからじゃないかしら」

瑠美の話では、カニ缶にガラス状の結晶が生じる場合があることは、けっこう知られているという。缶詰の製造元にはたまに苦情が来る。製造元でも結晶化を避けるために少量のクエン酸を加えたり、急速冷却をしたり、工夫を重ねているのだが。

「ウィキにも出てるから、誰でも調べられるわ。もしかしたら、自分自身が同じ体験をしたのかも知れない。失敗したときに言い訳もしやすいからね」

「でも、なんだってそんな……」

言いかけて、万里は何か閃いたように口をつぐんだ。

二三もある考えが閃いていた。

「はなちゃん、丸橋さんって、今の会社は長いの?」

「ううん。中途採用。今年のゴールデンウィーク明けに入ってきた。ヘッドハンティングされたらしい」

二三は素早く万里と一子の顔を見回した。二人とも、確信が顔に表れている。

一子が口を切った。

「はなちゃん、あなたのストーカー、もしかしてあの丸橋って人じゃないかしら」

「えええっ⁉」

はなは素っ頓狂な声を上げ、のけ反りそうになった。

「私もお姑さんと同じ意見」

二三も力強く断言した。

「そう考えるとうちに因縁つけた理由が良く分るわ。はなちゃんが万里君と仲良いので頭にきて、嫌がらせしたのよ」

しかし、当のはなは半信半疑で、戸惑いを隠せなかった。

「でも課長、女子社員に人気あるよ。聞いた話じゃ、奥さんミスコン出身の美人だって」

「それは表の顔。あの人は裏の顔がある」

一子はきっぱりと言い切った。

「あの芝居がかった怒りっぷりを見て、ピンときたよ。あの人は普通じゃない。人には見せられない別の顔があるって」

一子は丸橋の端整な冷たい顔を思い浮かべた。何かに似ているとずっと気になっていたのだが、今やっと分った。蛇だ。感情のないぬめっとした冷たい生き物。

「でも、どうして私なの？」

はなは自分を指さした。

「そりゃ、蓼食う虫も好き好き……」

二三は万里にゲンコツを振り上げ、ぶつ真似をした。

「あのね、はなちゃん。理由なんてないの。災難は隕石と同じで、突然空から降ってくるのよ。本人がどうしたからとか、あの時ああすればとか、全然関係ないの。たまたまストーカー魂に火がついたとき、目の前にはなちゃんがいた。だからターゲットにされた。もしかしたら別の人だったかも知れない。さっき一緒にいた、中根さんとか金井さんとか。そういうこと」

「分り易い」

はなは感心したように二三を見上げた。

「それにしても、これからが厄介だよな。同じ会社にいる上司がストーカーっつーのは」

康平が難しい顔で言った。

「でも、正体が分らないより良いよ。これからはあいつに気をつければ良いんだから」

はなは気丈に答えたが、正体がばれたと気付かれたら事態が悪化するのではないかと、悩みは尽きなかった。

しかし、すぐに事態は一変した。

翌日の土曜日早朝、万里のスマートフォンにはなから緊急連絡があった。

「万里、大変！　昨夜警察から電話があって、課長が逮捕されたって！」

「マジかよ⁉」

「うちに忍び込もうとしたところをパトロール中のお巡りさんに見つかって、職質かけたら振り切って逃げ出して、取っ組み合いになって、公務執行妨害だって」

「ひょえ～」

しかも余罪がいくつもあることが後に判明した。過去のストーカー犯罪の犯人の遺留品から検出されたＤＮＡが丸橋のＤＮＡと一致したのだ。

前に勤めていた会社でもストーカー騒ぎがあり、犯人が分らないまま、被害者の女性社員は退社してしまった。しかし、丸橋が怪しいと噂になったという。

はなは興奮気味に言った。

「『天網恢々(かいかい)疎にして漏らさず』って、うちのお祖母(ばあ)ちゃんが言ってた！」

「うちのおばちゃんたちも言いそう」

万里の予想に違(たが)わず、午後にはじめ食堂に出勤して丸橋逮捕の報告をすると、一子も同じことわざを口にした。

そして、いくらか気の毒そうに付け加えた。

「仕事も出来て女にもモテるんだろうに、どうしてあいうねじ曲がった心根に生まれてきたんだろうね」

「どんなにデカい数字でも、ゼロ掛けると全部ゼロになっちゃうみたいなもんよね」

そして二三は万里に笑顔を向けた。

「万里君は真っ向勝負で良かったね。プルコギ、大人気だったじゃない。またやろう」

第五話

運命のスコッチエッグ

十月から十一月初めにかけては、四月から五月にかけての時期と並んで、一年で一番気候が穏やかな過ごしやすい季節だ……と、日本では長年そう思われてきた。ところが二年前の令和元年の十月は、二度にわたって台風と大雨に襲われ、東日本を中心に被害甚大となった。

あれから二年、関東地方は幸いにも大きな自然災害を免れているが、東日本大震災後十年を経て東北地方で大きな余震が発生したように、今や日本全国、いつでも何処(どこ)でも何が起こるか分からないと、全国民が宣告されてしまった感がある。

おまけに二年前に発生した流行病(はやりやまい)は、ワクチンの開発で光明は見えたものの、まだ世界で猛威を振るい続けている。

「イヤだねえ。ノストラダムスの大予言が二十年遅れで当たりそうでさ」

「人類滅亡か。見たくねえなあ」

「滅びるなら俺(おれ)が死んでからにして欲しい」

「俺はせめてうちの子を無事に看取ってからに……」

「息子、保育園でしょ。普通、親が先なんじゃないの？」

「猫の〝ちくわ〟ちゃんの話。人間の息子はカミさんが何とかするから」

下手なコントのような会話の主は、若手のサラリーマン四人組。会社は月島にあるそうで、かれこれ五年来はじめ食堂に通ってくれている常連さんだ。

「はい、おまちどおさま。日替わりのカツオ、お二つです」

「来た、来た」

目の前に定食の盆を置かれた二人は、すぐさま割り箸を取って割った。今日の日替わり定食その一は、脂の乗った戻りガツオのタタキ。はじめ食堂で刺身定食が出ることはほとんど無いので、食べなきゃ損と分っている。

「はい、日替わりのメンチです」

次にメンチカツ定食の盆を二人のお客さんの前に置いた。メンチもハンバーグと並んで人気が高く、根強いファンがいる。

「おばちゃん、カツオ、すごい新鮮！」

「でしょ？　今朝、豊洲で仕入れたばっかり」

美味しい物を食べているときは、ノストラダムスも人類滅亡も、頭から消し飛んでしまう。四人のサラリーマンは旺盛な食欲を発揮して、みんなご飯と味噌汁をお代わりした。

本日のランチは、日替わり定食がカツオのタタキとメンチカツ、焼き魚が鮭の麹漬け、煮魚が身欠きニシン、ワンコインが鶏塩うどん。小鉢はタラコと白滝の炒り煮、カボチャの煮物。味噌汁は豆腐とエノキ。漬物はカブの糠漬け。もちろん一子の手作りで、七十年物の糠床で葉っぱも一緒に漬けてある。

これにドレッシング三種類かけ放題のサラダが付き、ご飯と味噌汁はお代わり自由で一人前七百円。しかも消費税込み。もっと安い定食や弁当はあるが、季節感を大切に、出来る限り手作りを心掛けてこの値段は、かなりイケてると二三は自負している。

今日は日替わりが目立って人気だが、煮魚も実は身欠きニシンは初御目見得なのだ。カリカリに干したものでなく、半生の〝ソフト身欠きニシン〟が豊洲でお買い得だったので、醬油と酒、砂糖で濃いめに煮付けた。目指したのは京都名物鰊そばの、あの甘辛味である。ご飯が進むこと請け合いだ。

そして、本日のワンコイン・鶏塩うどんもバカに出来ない。冷凍うどんを使って鍋一つで作れる手軽さだが、鶏むね肉とモヤシ、水菜が入って食べ応えがあり、スープはウェイパァーを使った中華味。これで五百円は結構お得感があるだろう。

「ごっそさん」

一時を過ぎると、潮が引くようにお客さんが席を立って行き、満席だった食堂は二、三人を残すのみとなる。

「こんちは」

　すると入れ替わるようなタイミングで野田梓と三原茂之が入ってくる。梓は三十年、三原も十年以上通ってくれているご常連だ。

「あたし、煮魚にしよう。ニシンって、初めてじゃない？」

「前に干物を出したことあるけどね。今日のは身欠きニシンだけど、半生で脂乗ってるわよ」

　二三は梓と三原の席にほうじ茶を置きながら言った。

「僕はメンチ下さい。ここ以外だと、あんまり食べる機会がなくて」

　三原は帝都ホテルの元社長で、今は名誉顧問として週に一、二回会議に出席している。会議後は会食になるらしいが、それ以外の日の主要栄養源ははじめ食堂のランチで、朝食はコーヒーとフルーツ、夕食は麺類でさっと済ませるという。

「いよいよ秋も本番だなあ」

　三原は美味そうにほうじ茶を啜った。

　六月から九月までは冷たい麦茶で、十月からはほうじ茶に切り替える。ちょうど衣替えと同じタイミングだ。

「はい、おまちどおさま」

　二三は二人の前に注文の定食を置いた。日替わりのカツオのタタキを三切れ、サービスしてある。空いた時間に来てくれる常連さんへの感謝の気持ちだ。

「ありがとう。カツオはやっぱり戻りガツオよね」

梓も三原も、嬉しそうに箸を伸ばした。

「夜は漬け丼も出してみようと思うの。青唐辛子醤油で」

「お宅も色々新手を考えるねえ」

三原は感心したように溜息を吐いた。

「うちの若頭は冒険心に富んでますから」

一子が言うと、万里がカウンターの奥でニヤリと笑った。シラスからマグロまで、尾頭付きの魚は一切食べられない万里だが、魚料理も日々ちゃんと研究している。

「こんにちは」

ガラス戸が開いて、お客さんが二人入ってきた。男性客で、初めて見る顔だった。

「いらっしゃいませ。どうぞ、お好きなお席に」

二人は四人掛けのテーブルに腰を下ろした。一人は四十代半ばくらい、小太りで身長は高くない。もう一人は二十代だろう。ひょろりと背が高く痩せている。二人ともオフィスワーカーらしく、ジャケットを着ていた。

二三がおしぼりとほうじ茶を運んで行くと、凸凹コンビはメニューから顔を上げた。

「ええと、僕は日替わりのカツオね」

「僕、メンチでお願いします」

「ああ、それと鶏塩うどん一つね。二人で半分こするから、取り分け用の器下さい」

「はい、かしこまりました」

初めてのお客さんが健啖家(けんたんか)なので、二三は嬉しくなった。料理人は沢山食べてくれる人が好きなのだ。

年長の客が物珍しげに店内を見回して尋ねた。

「この店、長いの？」

「はい。前の東京オリンピックの翌年からなんで、もう半世紀以上続いてます。その前は亡くなった舅(しゅうと)のお父さんが、お寿司屋(すしや)さんをやっていたそうです」

二人の男性客は目を丸くした。

「すごい歴史だねえ」

「やっぱり日本には老舗(しにせ)が多いんですよ。『百年食堂』って番組が出来るくらいだから」

「この店だって先代から数えたら、百年食堂に近いんじゃないの？」

二三は一子の方をチラリと振り返った。

一子が孝蔵(こうぞう)と結婚した頃(ころ)、孝蔵はまだ帝都ホテルで働いていて、一子は〝寿司貞(さだ)〟を手伝っていたと聞いている。

「百年は届きませんね。八十年ちょっとでしょうか」

一子はカツオのタタキを皿に盛って答えた。

「八十年もすごい。店に歴史あり、だねえ」

注文した料理を運ぶと、二人は行儀良く「いただきます」と一礼して、食べ始めた。美味しいと思っていることは、その食べっぷりが証明していた。二人ともまったく箸を置かない。

途中で鶏塩うどんを持っていくと、年長者が小丼に取り分け、若い方は丼に残ったうどんをかき込んだ。

「うどんに中華スープって、意外と合うな」

「僕はフォーが好きなんで、この味、大好きですよ。香菜が薬味にあればもっと嬉しい」

「シャンツァイって、パクチーだろ？　俺、あれだけはダメだ」

「前田さん、イケオジになれませんね。パクチーは女子人気大です」

「パクチーの前にスヴェンソンだろ」

前田と呼ばれた年長者がツルリと頭をなでた。見事に頭頂部がはげ上がっているが、それは欠点というより愛嬌になっていた。

「どうも、ご馳走さま」

梓と三原が食後のほうじ茶を飲み終り、席を立った。

「ありがとうございました」

　梓は長年、ランチの後の一服を楽しんでいたのだが、昨年四月の都の条例全面施行により、はじめ食堂も禁煙にせざるを得なくなった。ささやかな楽しみを奪ってしまい、二三も一子も万里も、梓に対して心苦しい。家族経営なら店内喫煙が認められるのだが、従業員がいるとダメなのだった。

「万里君は家族みたいなもんじゃない！」

　憤ってみたものの、如何ともし難かった。

「どうも、ご馳走さま」

　前田と連れの男性客も箸を置いた。

「すみませんが領収書、お願いできますか？」

　前田がレジに名刺を置いた。「星雲出版株式会社　『週刊星雲』編集長　前田敦盛」とある。

「星雲出版カッコ株、週刊星雲だけで良いですよ」

　星雲出版は大手出版社で、週刊星雲は男性に人気の週刊誌だった。週刊新潮、週刊文春に続いて創刊された。二三は愛読者ではないが、その名前は新聞広告で毎週目にしていた。

　前田は改めて二三に一礼すると、穏やかに話を切り出した。

「実は突然で申し訳ないですが、うちに『わが町　わが店』という人気コーナーがあるんです。そちらでお宅のお店を紹介させていただけないでしょうか？」

前田は後ろに立っている連れを紹介した。

「これは担当の小笠原というものです」

「よろしくお願いします」

小笠原も一礼して名刺を差し出した。肩書きは記者で、名前は小笠原丈彦だった。

「どうぞ、お掛け下さい。今、お茶を淹れ直しますので」

二三は二人に席を勧め、一子と万里を振り返った。一子も万里も大きく頷いている。

「あの流行病で二年越し、人と人が顔を合せて呑んだり食ったりしゃべったり、しにくくなりましたよね。それで今更ながら、リモートじゃなくてリアルのありがたみが分った気がするんですよ。『わが町　わが店』は家や会社の近所にある、みんなが気軽に立ち寄ってホッと出来る場所を紹介するコーナーです」

前田は取材の趣旨を説明した。

「うちの読者層は普通のサラリーマンが多いんで、高級な店や一見さんお断りや小うるさい親父のいる店は避けてます。フラッと入って、美味しい物を食べて、良い気持ちになって懐にも優しい……そういう店を探してます。まさに、はじめ食堂さんはピッタリなんですよ」

「それはどうも、ありがとうございます」

「いやあ、美味かったです。七百円なのに、小鉢も漬物もみんな手作りで、驚きました」

「メンチカツ、嚙んだ瞬間、肉汁がジュワッと溢れてきて、最高でした。玉ネギが甘かったです。キチンと炒めてあるんですね。それに味噌汁も具沢山で……うちの社食の味噌汁、ネギしか入ってないんですよ」

小笠原も横から口を添えた。お世辞でない証拠に、目がとろんとして目尻が下がっている。

「お褒めに与って光栄です」

二三は丁寧に礼を言って付け加えた。

「うちの店も、お宅様の雑誌に紹介していただけるのはありがたいことです。ご近所のサラリーマンの方が読んで、いらして下さるかも知れませんし」

「そうですよ。私も近所にこんな店があったら、ランチを食べに通います」

前田は如才なく褒めてから、質問した。

「そう言えば、はじめ食堂さんは以前、テレビや雑誌で取り上げられたことがありましたね？」

「はい。もう何年も前ですけど吉永レオの『居酒屋天国』と、『アップタウン』というタウン誌で紹介していただきました」

「僕、『居酒屋天国』観てるんです。いつかこの店に来たいって、ずっと思ってたんですよ」

小笠原が待ってましたとばかりに口を挟んだ。

「夜は居酒屋なんですよね。そこがまた、良いなあ」

軽いノリが万里とよく似ている。素直でひねこびた感じがしないところも共通だ。

前田がいくらかかしこまった口調になった。

「それでですね、昼のランチと、夜の居酒屋メニューと、両方紹介したいんです。お客さんに混じって試食させていただきますので、その時一緒に写真も撮らせて下さい。他のお客さんのご迷惑にならないように、充分気をつけますので」

「分りました。うちはそれで結構です」

前田は安堵(あんど)した様子で口元をほころばせた。

「ご快諾いただき、ありがとうございます。取材当日はこの小笠原とライター、カメラマンの三人で伺います。それと……」

前田は再び口元を引き締めて念押しした。

「くれぐれも、普段通りでお願いします。取材用に特別な料理を用意したりなさらないように」

二三は胸を張って頷いた。

「心得てます。うちは常連さんで保(も)ってる店ですから、普段出来ないことは致しません」

「いや、安心しました。ありがとうございます」

それから都合の良い取材日を打合せ、前田と小笠原は大いに喜んで帰っていった。

「おばちゃん、また追い風が吹くかもね」

テーブルを片付けるのを手伝いながら、万里が言った。

「そうね。『週刊星雲』の読者はサラリーマンが多いから、うちの客層ともかぶるしね」

「万里君、今度はどんなメニューを考えてるの？」

賄いの準備に取りかかった一子が尋ねた。

「う〜ん。ランチの日替わりはコロッケ定食出したいな。プレーンとカレー味の二個付けって、あんまり無いし」

みんなコロッケを軽く見ているが、実は家庭料理の中で一番調理工程が多い。コロッケに比べたらトンカツは楽なものだ。

「じゃ、もう一品は揚げ物以外ね。ブリ大根はまだ早いから、肉野菜炒め、中華風オムレツ、麻婆豆腐（マーボー）、それともカレー……」

二三が手を止めて首を傾（かし）げると、一子がポンと膝（ひざ）を打った。

「戻りガツオで漬け丼なんてどう？　ふみちゃんのいっていた、青唐辛子醬油で」

「そうね。季節だし、良いわよね」

万里も腕を組んで宙を見上げた。

「後は夜のメニューだよね。鰯（いわし）のカレー揚げは外せないとして、つまみにピッタリのクロスティーニを二、三種類と、季節のキノコでアヒージョ、定番のポテサラ、白和（しらあ）え、中華風冷や奴（やっこ）、串（くし）カツ、後は……」

「シメに出汁（だし）茶漬けとかどう？　煮麺（にゅうめん）も色々出来そう」

　一子が二人に微笑（ほほえ）みかけた。

「ま、とにかく食べながら考えましょうよ。まだ日にちもあることだし」

　その日の夕方、店を開けると一番乗りで現れたのは辰浪康平（たつなみこうへい）だった。最近は菊川瑠美（きくかわるみ）と一緒に来ることが多いのだが、今日は久しぶりに一人だった。

「いらっしゃい。今日、先生は？」

「仕事で大阪。帰りは最終の新幹線になるって。ええと、まずは小生」

　康平はおしぼりで手を拭（ふ）きながらお通しの器に目を落とした。

「これ、何？」

「山クラゲとササミのピリ辛和え」

「山クラゲ？」

「うちも使うの初めてなの。茎レタスって野菜を乾燥させたもので、水で戻して料理するのね。食べてみたらコリコリした食感で、日持ちするから便利だと思って」

　康平はお通しを箸でつまんで口に入れた。調味料は豆板醤（トウバンジャン）とゴマ油で中華風だ。

「うん、悪くない。ビールにも合うし」

「康平さん、今日、新メニューあるけど、食べる？」

「万里もよくネタが尽きないよな。今日はなんだ？」

「スコッチエッグ」

　康平は「なあんだ」という顔をした。

「別に新しくないじゃん。肉屋で売ってるし」

「ところがはじめ食堂で出すのは初なんだよ」

「メンチカツはやるんだけど、そこで止まっちゃってね。スコッチエッグにはたどり着かなかったの」

　二三が生ビールのジョッキを置いて言った。

「言われてみればそうだよな。俺もここでスコッチエッグ食べた記憶無いわ」

「今日のランチ、メンチカツだったの。それで出してみようと思って。うちみたいな店には合うでしょ」

「だね。もらうよ。それと、カブの和風ポタージュ、ジャガイモのローズマリー焼き。う〜ん、家常豆腐(ジャージャン)は……」

　家常豆腐は中国の家庭料理で、四川(しせん)料理だが辛くない。日本で四川料理と言えば麻婆豆腐だが、本場では家常豆腐の方が代表的料理だという。

「……胃袋と相談するわ」

以前は四品、五品は平気で平らげたものだが、康平も四十を過ぎて胃袋が小さくなった。瑠美と一緒の時は互いにシェアするので、注文が倍に増えるのだが。

「今日、週刊星雲から取材の申し込みがあったのよ」

「へえ、すごいじゃん」

康平は上唇に残った白い泡をおしぼりで拭った。

「今までテレビとタウン誌に出たけど、お客さん増えたりした?」

「多少はね。リピーターになって下さったお客さんもいるわ」

一子は頭の中で、テレビと雑誌がきっかけで通ってくれるようになったお客さんの顔を思い浮かべた。

「うちは常連さんで保ってるけど、やっぱり二割くらいは新規のお客さんを開拓していかないとね。会社勤めの方は、転勤や定年があるから」

二三は小鍋で温めたカブの和風ポタージュをカップに注いだ。白出汁と豆乳を使っているので、コクがあるのにしつこくない。バターがほんのり香っている。

「野田ちゃんがよくボヤいてるわ。昔からクラブやバーは、重役さんが部下を連れて遊びに来て、定年になると重役に出世した部下がまた部下を連れて……って感じで、お客さんが新陳代謝して続いてきた。でも、最近の若い人はクラブに行きたがらない。だから今のお客さんが定年で引退すると、もう次がないって」

「その気持ち、良く分る」

　万里がフライパンの火加減をチェックして言った。ずらした蓋の隙間からローズマリーの良い香りが漂ってくる。

「ハッキリ言って、上司とクラブ行ったたって楽しくないもん。ゴマすって出世したい奴は別だけど」

「そうだよなあ。酒呑むだけなら、俺も月虹みたいな腕の良いマスターのいる店に行くし」

　康平はカブのポタージュを吹いてから、そっと啜った。

「うん、カブの甘さが良い」

「このスープも、取材の日に出す予定」

「メニュー、もう決まった？」

「だいたいはね。今日のスコッチエッグも候補だけど」

　康平はもう一口スープを啜ってから、思い出したように顔を上げた。

「取材、いつ？」

「今週の金曜。昼の取材はランチの終りの方、午後は開店前に料理の撮影だけさせて欲しいって。お客さんが来たら、インタビュー取材したいんだって」

「じゃあ、金曜の口開けに瑠美さん誘って来るよ。料理研究家の菊川瑠美先生の贔屓(ひいき)の店なら、宣伝効果あるだろ?」

「サンクス、康平さん。持つべきものは常連さん」

万里はおどけた口調で言ってから、パチンと指を鳴らした。

「おばちゃん、要(かなめ)に言って、足利省吾(あしかがしょうご)先生に顔出してもらえるように頼んだら?」

足利省吾は人気の時代小説作家で、要が編集を担当している。

「それはダメ」

一子がキリリと口元を引き締めた。

「公私混同だよ。それに、特別なことはしないって約束でしょ」

「ごめん」

万里は素直に謝って、康平の方を見た。

「じゃあ、菊川先生もダメ?」

「先生と康ちゃんは週に何度も来て下さるもの。取材の日にいたって、特別じゃないわ。ねえ?」

一子はニンマリ笑って、二三と頷き合った。

「へい、お待ち。ジャガイモのローズマリー焼き」

万里は湯気の立つ皿をカウンターに置いた。新じゃがを皮付きのままオリーブオイルを引いたフライパンに入れ、ローズマリーと一緒に弱火でじっくり蒸し焼きにする。味付けは塩胡椒のみ。しかし、ローズマリーとジャガイモの相性は抜群で、あるイタリアンの名シェフは、ジャガイモの一番美味しい調理法だと太鼓判を押した。

「おばちゃん、江戸開城、冷やで」

自分で卸しているので、はじめ食堂のアルコール類は、メニューを見なくても即決する。

康平は一切れ口に入れ、ハフハフと息を吐いて呑み込んだ。

「しかし万里よ、ジャガイモもつくづく偉大だよな」

「どしたの、急に？」

「だってさ、山のように料理法があって、どれも美味いじゃん。これも美味いけど、コロッケやニンニク味噌バタじゃがも美味いし、いつかここで食べたポテトチップも美味かった。軽くフルコース作れちゃうんじゃない？」

二三も一子も今更のように気がついた。

「煮る、焼く、炒める、蒸す、揚げる……あらゆる調理法が可能で、和・洋・中全部の料理が出来て、栄養があって安いのよね」

「豆腐百珍とか卵百珍とかあるけど、ジャガイモだって百種類出来ちゃうわね、きっと」

「康平さん、菊川先生、ジャガイモ百珍のレシピ本出す予定ない？」

「さあ。でもそれ、面白いよね」

江戸開城のグラスを傾け、康平は満足そうに溜息を吐いた。

金曜日の午後一時半、ランチのお客さんがあらかた引き上げた頃合いで、週刊星雲の取材陣三名は店に入ってきた。

初対面のカメラマンとライターの男性は二三に名刺を差し出した。

「ライターの片桐です。本日はよろしくお願いします」

ライターは四十代後半くらいで、片桐友という俳優のような名前だった。そして見た目も俳優で通用しそうだった。背が高くて顔立ちも整っている。しかし、二三はその割りにあまり冴えない印象を受けた。本来ならその容姿に相応しく、もっと強いオーラを放っていて然るべきなのに。

カメラマンは空いたテーブルの上にパラソル型の反射板パネルを広げ、ライトをセットして撮影準備を進めた。

「今日の日替わり定食はコロッケと戻りガツオの漬け丼です。青唐辛子醤油に漬けました。コロッケはプレーンとカレー味の二個付けです」

焼き魚は文化鯖、煮魚は赤魚。ワンコインはスパゲッティナポリタン。小鉢は餡かけ豆腐とヒジキの煮物。味噌汁は冬瓜と茗荷。漬物は葉付きのカブの糠漬け。

「サラダはドレッシング三種類かけ放題で、ご飯と味噌汁はお代わり自由です」

出来上がった料理を前に二三が解説する。テーブルにはボイスレコーダーが置いてあるが、片桐はノートを出してメモを取った。それが終ると料理はカメラマンの前に運ばれ、撮影となる。

事前の打ち合せで、その日のメニューはすべて提供することになっていた。もちろん、お代はいただく。

写真撮影が終った順に、片桐と小笠原は試食した。

「いやあ、この前のメンチも美味かったけど、コロッケも最高ですね！」

小笠原はコロッケを一口食べて、感激した面持ちで言った。

「プレーンとカレー味、二種類にしたのはどなたのアイデアですか？」

片桐が冷静な口調で尋ねた。

「ええと、姑(はは)だと思いますけど。ねえ、お姑(かあ)さん、そうでしょ？」

二三が客で通っていたときから、コロッケはプレーンとカレー味の二種類だった。それが一子のアイデアか、二三の亡き夫高(たかし)のアイデアか、これまで訊(き)いたことがない。

「ええと、これは亡くなった亭主のアイデアです。洋食屋の時代から、二種類お出ししてたので」

「ああ、帝都ホテルの副料理長だった方ですね」

片桐は事前に予備知識を仕入れてきたらしい。その顔に好奇心が覗(のぞ)いた。

「それにしてもお宅の歴史はすごいですね。ラビリンスの富永亘シェフも、西一の西亮介会長も、ビストロ・シェリの先代オーナーも、みんなこちらのお弟子さんだったんでしょう。よく昔の栄光を捨てて、食堂兼居酒屋に路線転換できましたね」

ラビリンスは伝説的なミシュラン三つ星店、西一は日本有数のラーメンチェーン、ビストロ・シェリも十三年連続でミシュラン一つ星を獲得している名店だった。

「料理は一代限りのものですから、亭主が亡くなったとき洋食屋も止めました。他の料理人で同じ店を続けるのは、お客さんに嘘を吐くような気がして」

一子はにこやかに質問に答えているが、二三は内心ちょっと引っかかっていた。「昔の栄光を捨てて」という言い方は、今のはじめ食堂がダメと言っているに等しい。確かに、孝蔵が腕を振るっていた頃の店とはすっかり様変わりしたが、それはどっちが上でどっちが下ということではない。だから山手政夫のように、五十年以上通ってくれるお客さんがいるのではないか。

二三はカウンターの中の万里に目を遣った。幸い、万里も気にする風はない。普段と同じように、手際良く料理を仕上げている。

取材は一時間ほどで終了した。

「お疲れ様でした。よろしかったら、ご一緒にお昼を召し上がっていって下さい」

「いえ、もう、お腹いっぱいです。ご馳走さまでした」

小笠原は恐縮して顔の前で手を振った。

「夕方またお邪魔しますが、よろしくお願いします」

「じゃ、これ、カメラマンさんにお土産(みやげ)」

二三がコロッケ定食の弁当を手渡すと、カメラマンは何度も頭を下げて礼を言った。

取材陣が引き上げると、三人は賄いのテーブルを囲んだ。食べ終ったら、今日は昼休み返上で仕込みにかからないといけない。

万里は箸を置くと、二三と一子に言った。

「洗い物は俺がやるから、おばちゃんたち、少し休んでよ。取材の途中でへばったら大変だ」

「あら、何言ってるの。大丈夫よ」

しかし、一子はやんわりと二三を制した。

「ふみちゃん、ここは万里君の厚意に甘えようよ。あたしもあんたも、もう通しで店に立つのはしんどいわ」

二三もハッと気がついた。自分が通しで働いたら、一子一人で休息しにくくなる。

「万里君、ありがとう。お願いします」

二三は素直に頭を下げた。

「その代り本日は朝の九時半から夜の九時まで、きっちり通しで時給出しますので」

「ありあとっす」

一子も万里に頭を下げ、二三に顔を向けた。

「じゃあ、あたしたちは三十分ばかり二階で休もう。万里君、よろしく頼みます」

「ラジャー」

万里は額に右手の指二本を当てて、敬礼の真似事をした。

時計が三時を回ると、二三と一子は二階から食堂に降りた。万里は厨房に入っていて、カウンター越しに顔を覗かせた。

「おばちゃん、ハニームーンでバゲット買ってきた。焼きたて。領収書、レジに置いてある」

「ありがとう」

「帰りに元気カフェでスムージーも買ってきた。二人の分もあるよ」

「いつもすまねえな」

元気カフェは月島駅にほど近い喫茶店で、ドリップで淹れるコーヒーの他に各種のスムージーや甘酒を使ったドリンクなどを出している。

「クロスティーニの材料、先に作っとくよ」

本日のクロスティーニは明太アボカド&焼き海苔、筋子&サワークリーム、そしてサーモンとパセリのタルタルの三種類だ。中でもサーモンのタルタルは新しいレシピで、マヨネーズとレモン汁、塩胡椒に擂り下ろしたニンニクを加え、パンチを利かせた。

一子は冷蔵庫から鰯を出し、さばき始めた。カレー粉と小麦粉をまぶし、揚げる寸前まで仕上げておく。

二三は串カツの下ごしらえに取りかかった。本日の肉料理は他にスコッチエッグと豚の生姜焼き、牛のタタキのパクチー和えだ。

四時半までに下準備は整った。

「失礼します」

ガラス戸が開いて小笠原たちが入ってきた。

「どうぞ、こちらは準備ＯＫですよ」

カメラマンが隅のテーブルの上にパラソル型の反射板を広げ、ライトをセットした。

取材の手順はランチの時と同じだった。料理が出来上がると二三が説明し、写真撮影に移る。

「これは鯛の刺身のゴマ和えです。白練りゴマとめんつゆ、それに擂りゴマと季節の茗荷も混ぜました。日本酒にも白ワインにも合いますよ。ご飯に載せてお出汁をかけて、お茶漬けでも召し上がっていただけます」

料理は次々と出来上がり、撮影も順調に進んだが、五時半の開店時間にはまだ揚げ物類の撮影が残っていた。

小笠原が気遣わしげに頭を下げた。

「すみません。お客さんの邪魔になるようなら、すぐに撤収しますから」

「大丈夫ですよ。まだ早い時間ですし」

二三が言い終らないうちにガラス戸が開いて、康平が顔を覗かせた。

「いらっしゃい」

「こんちは。いい?」

「どうぞ、カウンターへ」

康平に続いて瑠美が入ってきた。二人はさりげなく取材陣に視線を向けたが、その瞬間、瑠美はその場に立ち止まった。まさに「ハッと息を呑む」という顔になっている。

康平が訝しむように瑠美を振り返ったが、それより早く、二人の姿を見た片桐が声を上げた。

「瑠美?」

瑠美は何か答えようと口を開きかけたが、困惑しているのか、うまく言葉が出てこない。

「あのう、もしかして料理研究家の菊川瑠美さんですか?」

最初に声をかけたのは小笠原だった。

「私、週刊星雲の小笠原と申します。今日はうちの『わが町　わが店』のコーナーではじめ食堂さんを紹介させていただくことになって、取材でお邪魔してるんです」

小笠原はまるで屈託のない口調で挨拶(あいさつ)した。瑠美の困惑には気付いていないらしい。

「どうも、初めまして。菊川です。私、このお店大好きで、よく来るんですよ」

「そうでしたか。良い店ですもんねえ。メニューが豊富で、なんでも美味しくて、気取りがなくて、まさに下町の食堂ですよ」

「私は仕事で新しいレシピを考えるので、ここでごく普通の美味しいお料理を食べるのが楽しみなんです。時々私のレシピを使ってくれたりすると、『ああ、こんなレシピ作ったなあ』って思い出すんですよ」

小笠原は当然のように名刺を取りだした。瑠美もショルダーバッグから名刺入れを出し、小笠原と名刺交換をした。

小笠原の後ろに立っていた片桐が瑠美に言った。

「久しぶりだな」

「片桐さん、お知合い？」

小笠原は初めて気がついたように、片桐と瑠美を見比べた。

「片桐さんは同じ大学で、サークルの先輩なんです。卒業以来だから、もう二十年以上かしらね」

瑠美は小笠原より、むしろ康平に向って言った。

「風の便りには聞いてたよ。料理研究家になったたって」

片桐は瑠美に名刺を差し出した。瑠美はそれを受け取ると、ついでのように自分の名刺を渡した。

「じゃ、菊川先生、どうぞごゆっくりなさって下さい。私たちは取材が終り次第、引き上げますので」

小笠原は片桐を促して、撮影用のテーブルに引き返した。

瑠美がカウンターに腰を下ろすと、康平はいつもと変らない態度で尋ねた。

「おばちゃんに訊いたら、今日はクロスティーニの新作があるって。スパークリングワインにする?」

「そうね。この前のランブルスコとイエット、どっちが良い?」

「ま、最初は白行っとこう。赤は後半の肉料理で」

二人はいつものように相談しながらメニューを選んだ。

「ええと、クロスティーニ三種類は魚介だから、まずは野菜……久しぶりにおばちゃんの白和え食いたいな」

「私も。それとこれ、椎茸(しいたけ)のアヒージョ」

「鰯のカレー揚げも外せないよな」

「鯛の刺身のゴマ和えも。美味しいに決まってるし」

「肉、どうする？」

「牛のタタキのパクチー和え！」

瑠美は大袈裟なほど力強く言った。

「だって新メニューだもの。外せないわ」

万里に注文を告げると、二人はグラスを合せて乾杯した。

その間にも撮影は最終段階にさしかかった。揚げ物三種類が登場する。鰯のカレー揚げ、串カツ、スコッチエッグ。

「鰯のカレー揚げはうちの自慢料理です。生姜とポン酢をかけて食べるのがミソです。香りが良いので、うちはゆずポンを水で薄めて使ってます」

二三の説明を片桐はノートにメモしていたが、少し集中力が落ちた気がした。いや、気のせいではない。時々チラリとカウンターに目を走らせるのは、瑠美が気になるのだろう。

その瑠美はわざとのように振り返ろうとはしない。背中が硬直しているように見える。緊張しているのだろうか？

「スコッチエッグです。この前小笠原さんがお見えになったとき、メンチを褒めて下さったので、思い立って作ってみました。下町の食堂に相応しいメニューだと思いまして」

二三の説明に、小笠原は何度も頷いた。

「本当にそうですね。お宅の料理は全部美味しくて、それに懐かしい味がします。〝おふくろの味〟なんて安易な表現は使いたくないですが、なんて言うか、懐かしい想い出に包まれたような心持ちになるんです」

「そんな風に言っていただけると、私たち三人とも、料理人冥利に尽きますよ。〝空腹は最高のソース〟って言うけど、想い出も最高の調味料ですから」

「ああ、そうです！　ステキなフレーズですね。片桐さん、原稿にもこのフレーズ、入れて下さいよ」

「分りました」

片桐は機械的に答えてペンを走らせた。

撮影はすべて終了し、カメラマンは機材の撤収を始めた。

「それでは、本日はどうもありがとうございました。菊川先生、お邪魔しました。失礼します」

小笠原が頭を下げると、瑠美も椅子から降りて「お疲れ様でした」と一礼した。

取材陣が出て行くと、瑠美は肩の力を抜いてホッと溜息を吐いた。そして康平に向って片手を立て、拝む真似をした。

「ごめん。悪いけど、牛のタタキキャンセルして、スコッチエッグ食べない？」

「良いけど、急にどしたの？」

康平だけでなく、二三も妙な気がした。牛のタタキを注文したときは新メニューだからと、結構意気込んでいたのに。

「考えてみれば、もう二十年くらいスコッチエッグを食べてなくて。はじめ食堂でも新メニューだって言うから、ちょっと」

「お安い御用ですよ。牛肉の方は、またの機会に」

二三は空いたテーブルを片付け、厨房に入った。

康平と瑠美は楽しげにおしゃべりしながら、注文した料理を平らげていった。鰯のカレー揚げが運ばれると、合せる酒は白のイェットから赤のランブルスコに変った。鰯は脂が乗っていて、しかも揚げ物なので、赤ワインも良く合うのだ。

続いて揚げたてのスコッチエッグの皿が置かれた。真ん中にナイフを入れると、フワリと湯気が立ち上り、肉汁があふれ出す。ゆで卵の輪切りをメンチの具材が囲んだ切り口は、何とも可愛(かわい)らしく、ほのぼのとしていて、家庭料理に相応しい趣がある。

康平はソースをかけたが、瑠美は塩を少し振っただけで口に運んだ。

「ホッとする味よねえ」

声には深い感慨が籠(こも)っていた。

「この良さが分らない人はダメよ」

すかさず万里がからかった。

「良かったね、康平さん。ダメじゃなくて」

「当然でしょ。俺は酒と食い物にはハイセンスなの」

「ハイセンスって、昭和だなあ」

その言葉で二三は思い出した。

「お姑さん、月島にハイセンスっていう洋品屋があったわよね」

「あった、あった。たしか、リバーシティが出来る前に廃業したんだったわ」

万里が両手をパチンと打ち鳴らした。

「はい、術は解けました！　おばちゃんたち、これから忙しくなるんだから、しっかりしてよ」

「はいはい」

それが呼び水のように、二人、三人と新しいお客さんが入ってきて、テーブルは埋まった。

康平と瑠美はシメの鯛茶漬けを食べ終ると、さっと席を立った。

「ありがとうございました」

二三は厨房から出て、足早に二人に近づいた。

「先生、もしかして取材に引っ張り出して、ご迷惑じゃありませんでした？」

「とんでもない、そんなこと全然。お役に立てれば嬉しいわ。良い記事が出来ると良いですね」

それを聞いて安心したが、瑠美が大学の先輩だという片桐に対して、何かわだかまりを持っているような気がしてならなかった。

その夜は盛況で、閉店は九時を少し過ぎてしまった。

二三も一子も万里も、取材と仕事で心身ともに疲れていた。要からは残業で遅くなるので食事はいらないとメールがあったので、賄いは三人で食べた。

「万里君、片付けは明日やるから、帰って良いわよ」

明日は土曜日で、ランチ営業がない。朝はゆっくり出来る。

「じゃ、お言葉に甘えて。おやすみなさい」

万里も遠慮せずに引き上げた。

二三は汚れ物をシンクに運んで水を張ると、盃を傾ける真似をした。

「お姑さん、一杯やらない？」

「良いね。行こう」

二人は白衣を脱いで、店を出た。

向った先は清澄通り沿いにあるバー「月虹」。マスターが一人で経営している小さな店だ。豊富な酒の知識と洗練された接客で、大人の時間を提供してくれる。二三と一子も月に一、二度訪れて、日常を忘れて命の洗濯をしている。

「いらっしゃいませ」

雑居ビルの二階にある店はお客の年齢層が高く、静かで落ち着いている。金曜の夜ということもあって、カウンターはすべて埋まっていたが、幸い二人連れの客が席を立つところだった。

「ありがとうございました」

マスターの真辺司が椅子から降りた客に一礼した。

「……！」

こちらを向いた二人の客を見て、二三と一子は一瞬言葉を失った。菊川瑠美と片桐友だった。

「お先」

瑠美は軽く頭を下げて二人の前を通り過ぎた。その後ろに片桐が続いた。手を伸ばして瑠美の腕に触れたが、瑠美は素早くその手を振り払った。

「お待たせしました。どうぞ、こちらに」

カウンターの上を片付けた真辺が、席を指し示した。

「今日、店に週刊星雲の取材が入ってね。ランチと夜と両方びっちり取材してったの」

「朝から忙しくて、もうクタクタ。一日の終りにここで祝杯でも挙げようと思って」

「それはお疲れ様でした。何を差し上げましょう？」

真辺はおしぼりと水のグラスを二人の前に置き、穏やかに微笑んだ。

「スパークリングワインにしようかな。泡で景気よく」

「そうね。あたしもふみちゃんと同じにするわ」

「何かお勧め、ありますか？」

真辺は少し考えたあと、冷蔵庫から開栓前のボトルを取り、カウンターに置いた。中の酒は黄緑色をしている。

「これはマバムという銘柄のスパークリングワインで、最近お祝い事などで人気があります。八つの色とフレーバーがありまして、こちらは青リンゴのフレーバーです」

真辺は瓶を逆さにして軽く振り、再び元に戻して置いた。瓶の中ではワインが対流し、オーロラのように波打っている。

「あらあ、きれい」

「正統派の酒好きには好まれないかも知れませんが、こういう遊び心も、酒の肴(さかな)にはよろしいかも知れません」

真辺は少し面映ゆそうに目を瞬(しばた)いた。

「きっと女性には人気ですよ。そちらでお願いします」

「畏(かしこ)まりました」

真辺がグラスを用意している間、二三と一子はごくごく小声で会話していた。

お姑さん、菊川先生とあの片桐って人、どういう関係かしら？

まあ、普通に考えれば学生時代に何かあったんでしょうね。

先生はあんまり嬉しそうじゃなかったけど。

嫌な想い出があるんじゃないの。

でも、お店出てから二人きりで会ってたわけでしょ。満更嫌いなだけでもないんじゃあ……。

まあ、あたしたちがヤキモキしたってしょうがないわよ。先生は大人で、ちゃんとした人だもの。康ちゃんに対して不誠実なことはしないと思うわ。

そうね。きっとそうよね。

「お待たせしました」

青リンゴ色に輝くスパークリングワインで満ちたグラスが二人の前に置かれた。

「お疲れ様でした」

「乾杯」

二三と一子はグラスを合せ、初めての酒にそっと口を付けた。

その時、入り口のドアが開き、帰ったはずの瑠美が入ってきた。

「先生……」

瑠美は真っ直ぐ二三と一子の席に近づくと、声を落として囁いた。

「明日、お店に伺います。詳しいことはそこで」

それだけ言うと、返事も待たずに踵を返し、店を出て行った。

翌日の土曜日、はじめ食堂は夕方から店を開けた。

すると約束通り、開店早々瑠美が入ってきた。康平も一緒だった。

「昨日、牛のタタキのパクチー和えを食べ損なったでしょ。気になっちゃって」

瑠美は康平と並んでカウンターに腰を下ろすと、なんの屈託も感じさせない表情で康平を見た。

「ええと、取り敢えずビールが良い？」

「うん。おばちゃん、小生二つ。万里、今日のお勧めは？」

「だいたい昨日と同じラインナップだけど、長芋と海老の蒸し物が出来るよ」

「ふうん。日本酒に合いそうだ」

瑠美も目を輝かせた。

「寒くなってきたし、良いわね」

二人は生ビールで乾杯すると、お通しに箸を伸ばした。

「あら、ツルムラサキね」

「洋風にオリーブオイルとニンニクで炒めてみました。お浸しとは違った感じで」

ツルムラサキは独特の風味とぬめりが特長だが、オリーブオイルとの相性は良く、しっかり馴染んでいた。

「ええと、横綱は牛のタタキとして、前頭は……」

康平がメニューを広げると、瑠美は二三に向って、さばさばした声で言った。

「昨日の片桐って、私が学生時代に付き合っていた人なの」

「元カレですか」

万里が言うと、瑠美は首を振った。

「そうは云えないわね。他にも付き合ってる人が二、三人いて、私を彼女だと思っていたかどうか」

瑠美は自嘲するように唇を歪めた。

「あの人、学生時代モテモテだったのよ」

「だよな。今だってイケメンだし」

康平が言うと、瑠美は皮肉っぽく微笑んだ。

「昔はあんなもんじゃなかったわ。今は、なんて言うか、オーラがなくなって、すっかり人相が悪くなった。自信と野心に満ち溢れていたのが、焦りと嫉妬と羨望と猜疑心にすり替わって、それが顔に出てるのよ」

瑠美の言葉はストンと二三の胸に落ちた。片桐が容姿端麗の割りに冴えない印象だったのは、きっと次第に下降線をたどる人生の中で、内面が削り取られたからだ。

「卒業して大手新聞社に就職して、結構肩で風切ってたって、友達が言ってた。でも、十年前に何かトラブルがあって、退職してフリーになったみたい。当初はフリージャーナリストを名乗っていたけど、あんまり上手く行かなくて、ライターの仕事で食べているそうよ」

瑠美はそこまで一気に話すと、生ビールで喉を潤した。

「昨夜、家に帰ったらスマホに電話がかかってきて、どうしても会いたいって言うの。頼みがあるって。家に上げるのはイヤだから、月虹で待ち合せて話を聞いたわけ。要するに、私のツテで仕事を紹介して欲しいって」

瑠美はひょいと肩をすくめた。

「聞いてあげる義理はないんだけど、私にまでそんなことを頼むなんて、かなり苦労してるんだなって思って、気の毒になっちゃって。結局、何人か編集者を紹介してあげることにしたの」

しかし瑠美は溜息を吐いて、小さく首を振った。

「でも、多分上手く行かないと思うわ。だって、私になんて言ったと思う？『ライターなんかいつまでもやっていたくない。もう一度ジャーナリズムの世界に戻りたい』ですって。そりゃ、気持ちは分るけど、それを私に言うかってことよ」

瑠美の声が厳しくなった。

「私はいつもライターさんのお世話になってる人間よ。レシピ本だって、原稿書いてくれるのはライターさんよ。編集者とカメラマンとライターさんは、私には大事な仕事仲間なの。それを、さも下らない仕事みたいに言うなんて」

最後は吐き捨てるように結論づけた。

「きっと、そういう人だから新聞社もクビになったんだと思うわ」

二三は好奇心を抑えきれず、言葉を吟味してから質問した。

「先生、片桐さんと別れたきっかけは何ですか?」

これは離婚経験のある芸能レポーターがテレビで語っていた言葉だ。自分が離婚を経験してから、インタビューで「離婚の原因は何ですか?」という質問はしなくなった。原因とは積み重なっていて、ひと言で説明できるものではない。しかし、きっかけになる出来事は必ずある、と。

瑠美は明快に答えた。

「スコッチエッグよ」

学生時代、瑠美は新聞社に内定が決まった片桐とピクニックに行くことになった。当時から料理が好きだった瑠美は、少しでも片桐にアピールしようと、一生懸命弁当を作った。炊き込みご飯のおにぎりと七種類のおかずを用意した。中でも自信作は特上の牛肉と豚肉を精肉店でひき肉にしてもらって作ったスコッチエッグだった。

ところが、ひと目見た片桐はバカにしたように言った。

「なんだよ、こんな貧乏臭いもん入れて」

その瞬間、瑠美は頭からスーッと熱が引くのを感じた。

「それまでにも色々あって、別れた方が良いと思ってたんだけど、やっぱり未練があったのね。なかなか決断できなくて。でもあの時、ハッキリ心が決まったの。この人とはもうダメだって」

瑠美は晴れ晴れとした顔で一同を見回した。

「別れたら胸がすっとして、すごく楽になったわ。やっぱり、最初から無理があったのね、きっと。昨日ここでバッタリ会うまで、思い出すこともなかったくらい」

瑠美は敢えて話さなかったが、昨夜月虹で、片桐は「もう一度やり直さないか?」と尋ねた。

「無理」

瑠美は即答した。片桐は意外だったようで、驚いた顔をした。

瑠美が未だに学生時代と同じく自分を崇拝していると思い込んでいる様子に、瑠美は呆れると同時に哀れになった。

この人はあの頃から少しも成長していない。

「食堂で一緒だった男と付き合ってるのか?」

あなたに関係ないでしょ、と言いたい気持ちを抑えて瑠美は頷いた。

「近所の酒屋のご主人なの。お酒について色々教えてもらって助かったわ」

するとと片桐は負け惜しみか、バカにした顔で言った。

「今の瑠美なら、もうちょっとマシな男と付き合えるだろ」

その一言で、瑠美は完全に片桐を見限った。つくづく、誠意と思いやりのない人間はダメだと思った。同時に、常に温かい心で周囲を気遣う康平が、ますます好もしく思われた。

「ああ、喉渇いた。小生、もう一杯下さい!」

瑠美は空になったジョッキを挙げた。隣では康平が穏やかな眼差(まなざ)しを注いでいる。

そう言えば康平はスコッチエッグに似ていると、二三は気がついた。美味しくて栄養があって気取りのない家庭の味。

カウンターを見ると、隅の一子と目が合った。二三は心の中でそっと語りかけた。

お姑さん、康平さんと瑠美さんの作る家庭もきっと、スコッチエッグが似合うでしょうね。

一子はニッコリ微笑んで、小さく頷いた。

「こんちは!」

入り口の戸が開き、元気な声で挨拶して桃田(ももた)はながが入ってきた。山手政夫と腕を組み、山下智を後ろに従えている。

「いらっしゃい。三人一緒なんて、珍しいわね」

「いやあ、店の前で先生とはなちゃんとバッタリ会っちまって」

「先生、今日はお休みなんだって。だからご飯に誘ってあげたんだ」

「つーかはな、お前が先生にゴチになろうって魂胆だろ」

万里が言うと、はなは得意そうに頷いた。

「当たり。先生、友達も彼女もいないから、競艇しかお金の使い道がなくて、可哀想なんだよ」

「そうなんです。給料、ほとんど競艇ですっちゃって」

山下は楽しそうに笑っている。

「皆さん、良いときにいらしたわ。昨日雑誌の取材が入ったんで、今日は新作と力作揃いですよ」

一子が言うと、はなは「やった!」と叫んで山下と山手とハイタッチした。

「先生、まずは景気よくスパークリングワイン開けよう!」

「そうだね。二三さん、一本下さい」

はなと山下は山手と並んでカウンターに座った。両隣をはなと瑠美という新旧の美女に挟まれて、山手も楽しそうだ。

「万里、今日の目玉は何？」

「まずは三種類のクロスティーニ。牛のタタキのパクチー和え。新作のスコッチエッグ……」

メニューを紹介する万里の声が食堂に響いた。

季節は秋たけなわで、冬の訪れはもう少し先だった。はじめ食堂のメニューも秋の味覚が中心だ。

そして、冬が来ると今度は冬のメニューが登場する。ブリ大根、小鍋立て、豚汁、そして冬が旬の各種野菜料理……。

料理もはじめ食堂も、季節に寄り添いながら続いて行く。

食堂のおばちゃんのワンポイントアドバイス

皆さま、『焼肉で勝負！　食堂のおばちゃん10』を読んで下さってありがとうございました。

今回も例によって、作品に登場した料理をいくつかピックアップして、レシピを紹介させていただきます。

作品に出てくる料理は、ほとんどが手間もお金もかからない、どなたでも作れる簡単な料理です。そして、美味しいです。興味を持って下さった方は、御用とお急ぎでない時に、試してみて下さい。

失敗を恐れる必要はありません。「あ、不味い！」と思ったら、次は改善すれば良いのですから、失敗だって手順の一つです。

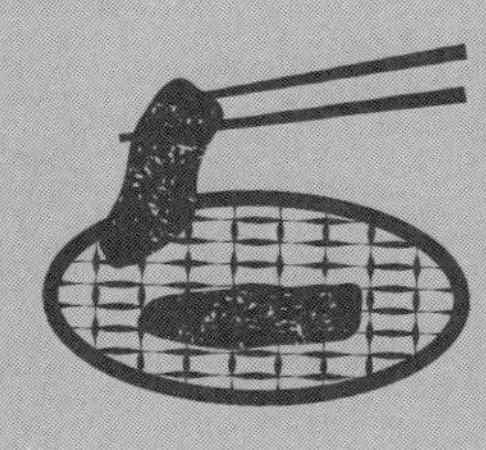

①豆腐ハンバーグ

〈材　料〉２人分

木綿豆腐１丁　鶏挽肉１００g　ヒジキ４g　卵１個
玉ネギ２分の１個　塩小匙１杯弱　胡椒適量
出汁・酒・醤油　各適量　片栗粉小匙１杯強　生姜一片

〈作　り　方〉

●豆腐は軽く水を切ってつぶす。ヒジキは水で戻す。玉ネギはみじん切り。生姜は擂り下ろして汁を搾る。
●ボウルに豆腐・鶏挽肉・玉ネギ・ヒジキ・溶き卵・片栗粉・塩・胡椒を入れて混ぜ、小判形に成形する。
●形成したタネを予熱したオーブンに入れて20分焼く。
●鍋に湯を沸かし、出汁・酒・醤油を入れて沸騰させ、水溶き片栗粉でとろみを付けたら、生姜の絞り汁を垂らす。
●ハンバーグを皿に盛り、生姜風味の餡をかける。

〈ワンポイントアドバイス〉

☆作品では食感を考えて敢えて入れませんでしたが、ヒジキは食物繊維が豊富で、入れると栄養価が高まります。

☆油を使わないのでカロリーも抑えられ、ヘルシーです。

☆生姜風味の餡は、白出汁と醤油を水で薄めて作ってもＯＫです。

②枝豆のヴィシソワーズ

〈材　料〉２人分

枝豆（莢ごと）３００g　玉ネギ２分の１個　バター大匙１杯

牛乳３００cc　水１００cc　コンソメ顆粒小匙２杯

塩・胡椒　各適量　生クリーム大匙２杯（お好みで）

〈作　り　方〉

●枝豆を茹でて莢から出しておく。玉ネギは薄切りにする。

●フライパンにバターを入れて火にかけ、玉ネギを炒める。火が通ったら枝豆を入れ、水とコンソメ顆粒を入れて２〜３分煮る。

●あら熱が取れたらミキサーに入れ、牛乳を加えて攪拌する。一遍に全部入れないで、ミキサーの半分くらいの量を目安に。

●最後に味を見て、塩・胡椒で味を調える。

●冷蔵庫で良く冷やし、お好みで食べるときに生クリームを垂らす。

〈ワンポイントアドバイス〉

☆カボチャやジャガイモでクリーム仕立てのスープを作るときも、炒めた玉ネギを加えると、甘さと旨味（うまみ）が強くなります。

③冷やし中華

〈材　料〉２人分

中華麺（めん）２玉　卵２個　キュウリ３分の１本　トマト２分の１個　モヤシ２分の１袋　焼豚２枚

A（醤油50ｃｃ　酢60ｃｃ　水70ｃｃ　砂糖30ｇ　うま味調味料適量　ゴマ油小匙１杯）

練り辛子適量（お好みで）

〈作　り　方〉

●鍋に湯を沸かして中華麺を２～３分茹で、ザルに上げて水で洗う。

●キュウリ、焼豚は千切りにする。トマトは細めのくし切りにする。モヤシは茹でて水気を切る。

●卵に塩を入れて混ぜ、薄焼き卵を作り、千切りにする。

●鍋にAを入れて火にかけ、砂糖が溶けたら火を消す。

●器に中華麺を盛り付け、キュウリ・モヤシ・トマト・焼豚・卵を飾り付けたらAのタレをかけ回す。

●お好みで練り辛子を添える。

④トウモロコシの炊き込みご飯

〈材　料〉２人分

米２合　水４００ｃｃ　トウモロコシ１本

Ａ（塩小匙２分の１杯　酒大匙２杯　昆布茶、またはだしの素小匙２杯）

〈作　り　方〉

●米は水で洗ってザルに上げておく。

●トウモロコシは髭（ひげ）と皮を除き、半分に切って、包丁で芯（しん）から実を切り取る。

●炊飯器に米・水・トウモロコシとＡを入れてかき混ぜ、上にトウモロコシの芯を載せて炊く。

●炊き上がったら芯を取り除き、しゃもじでほぐす。

〈ワンポイントアドバイス〉

☆トウモロコシの芯を載せて炊くのは、出汁が出るからです。

☆炊き上がりにバターを混ぜる、あるいはバター醤油を混ぜるレシピもあり。洋風がお好みの方は、是非！

⑤ピーマンの塩昆布バター炒め

〈材　料〉２人分

ピーマン２〜４個　塩昆布一つまみ　塩ほんの少し

バター大匙１杯くらい

〈作　り　方〉

●ピーマンは縦に割って種を取り、３〜５ミリ幅の細切りにする。

●鍋にピーマンを入れ、塩をほんの少し振って炒め、しんなりしたら塩昆布とバターを入れて絡(から)める。

〈ワンポイントアドバイス〉

☆エノキなど、キノコを加えて炒めても美味しいです。

⑥芙蓉蟹(フーヨーハイ)

〈材　料〉２人分

卵６個　カニ缶（フレーク１７０ｇ）２個

塩・うま味調味料　各適量　サラダ油大匙４杯

〈作　り　方〉

●１人前ずつ作る。ボウルに卵３個を割り入れ、解きほぐしたらカニ缶１個を入れて混ぜ、軽く塩とうま味調味料を入れる。

●フライパン（または中華鍋）にサラダ油を入れて加熱し、煙が立ったら卵液を流し入れ、フライ返しで手早く混ぜ合わせる。７割くらい火が通ったら皿に移す。

〈ワンポイントアドバイス〉

☆１人前ずつ作るのは、その方が上手(うま)く作れるから。

☆カニ缶は高いので、お値打ち品が手に入ったとき作って下さい。渡り蟹のフレークだと１７０ｇ缶が五百円以下で買えますが、中には一缶五千円以上する高級缶詰もあるので……。

⑦プルコギ

〈材　料〉

牛切り落とし肉250g　しめじ1袋　玉ネギ小1個　セリ1袋
白煎りゴマ・一味唐辛子　各適量（お好みで）
A（酒大匙2杯　醤油大匙3杯　砂糖大匙3分の2杯　ニンニク1片
生姜1片　ゴマ油大匙1杯　一味唐辛子小匙3分の1杯）

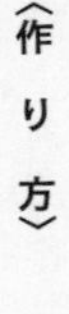

〈作　り　方〉

●Aのニンニクと生姜は擂り下ろしておく。
●大きめのボウルに牛肉とAを入れ、よく混ぜ合わせて揉み込み、10分ほど置いて下味を染みこませる。
●しめじは根本を切り落として食べやすくほぐす。玉ネギは縦半分に切り、厚さ1センチの半月切りにする。セリは根本を切り落とし、3センチの長さに切る。
●しめじと玉ネギを牛肉と同じボウルに入れて混ぜ、下味を付ける。
●フライパンを熱し、下味を付けた肉と野菜をほぐしながら入れ、フライパン全体に広げるよう

にして炒める。野菜がしんなりしたら、最後にセリを加え、もうひと炒めして皿に盛る。
●お好みで白ゴマと一味唐辛子を振っていただく。

〈ワンポイントアドバイス〉

☆セリは旬の野菜なので、手に入らない季節は、ニラを使って下さい。こちらも美味しいですよ。

⑧身欠きニシンの煮魚

〈材　料〉２人分

ソフト身欠きニシン2枚　お茶のティーバッグ1個

醬油大匙３杯　酒２００ｃｃ　砂糖大匙３杯　水１００ｃｃ　だしの素大匙１杯

〈作　り　方〉

●鍋にソフト身欠きニシンとお茶のティーバッグを入れ、水を加えて30分ほど煮て臭味を抜く。途中でアクを取る。

●新しい鍋に下煮した身欠きニシン、酒、醬油、砂糖、水、だしの素を入れて煮る。煮立ってきたら弱火にし、キッチンペーパーなどで落としぶたをして20～25分、じっくりと煮る。

〈ワンポイントアドバイス〉

☆本乾（ほんかん）と呼ばれる固く干した身欠きニシンの場合は、米のとぎ汁に一日以上浸けて戻してから、熱湯をかけ回して臭味を抜いて下さい。

☆実山椒（水煮、佃煮でもＯＫ）を少し入れて煮ると、とても風味が良いです。
☆私にとって身欠きニシンの想い出は、何と言ってもおせち料理の昆布巻きです！

⑨スコッチエッグ

〈材　料〉２人分

合挽き肉２００ｇ　卵（茹でる用）４個　塩小匙２分の１杯

Ａ（玉ネギ２分の１個　卵１個　パン粉４分の１カップ　胡椒・ナツメグ　各適量）

小麦粉・卵（溶く用）・パン粉　各適量　揚げ油適量

〈作　り　方〉

●半熟卵を作る。沸騰した湯に卵をそっと入れ、時々転がしながら５分間茹でる。冷水に入れて急激に冷まし、そのまま５分間冷水に入れておいた後に殻を剝く。

●玉ネギはみじん切りにする。

●ボウルに挽肉と塩を入れ、粘りが出てピンク色になるまでしっかりこねたらＡの材料を加え、さらに良く混ぜ合わせて四等分する。

●ラップの上に四等分したタネの一つを載せ、大きく広げる。その上に茹で卵を載せ、ラップでくるむようにして肉ダネで卵を包む。

●ラップを外し、小麦粉、溶き卵、パン粉の順に衣を付ける。

●160~170度に熱した油に入れ、転がしながら6分間揚げる。

●器に盛り（半分に切って切り口を見せた方がおしゃれ）、ソース、ケチャップなど、好みの味付けでいただく。

〈ワンポイントアドバイス〉

☆スコッチエッグを考えた人は偉いと思います。ご飯にもパンにも合って、酒の肴（さかな）にもなり、栄養満点、安価で美味しい料理です。

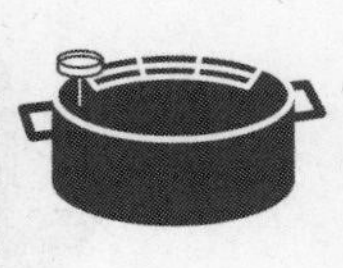

⑩鶏(とり)塩うどん

〈材　料〉２人分

冷凍うどん２玉　鶏むね肉１００ｇ　水菜20ｇ　モヤシ20ｇ

Ａ（塩二つまみ　酒小匙１杯　ゴマ油小匙１杯　片栗粉二つまみ）

ウェイパァー（または中華スープの素）小匙２杯強　水７００ｃｃ

〈作り方〉

●鶏肉は細切りにしてＡを記載順に加え、浸けておく。

●野菜は水洗いし、水菜は一口大に切る。

●鍋に水を入れて火にかけ、沸騰したらウェイパァーと鶏肉を入れて煮る。鶏の色が変ったら冷凍うどんを加え、再度沸騰したらモヤシを加える。

●味を見て足りなければ塩とゴマ油を追加して調え、器に盛り付けて水菜を飾る。

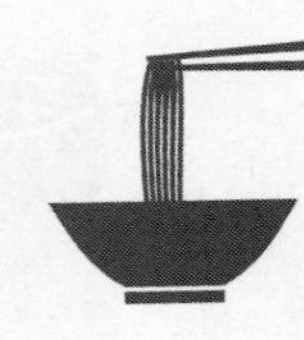

〈ワンポイントアドバイス〉

☆冷凍うどんを使うので、鍋一つで簡単に出来ます。

☆鶏肉はお好みで。モモ肉でも美味しいですよ。
☆スープが中華味なので、黒胡椒を振ったり、パクチーを入れたりしても合います。麺も素麺(そうめん)、フォー、春雨、ビーフンなどを使っても美味しいですよ。

最後にひと言

日本には世界中の料理が集まってきます。フレンチやイタリアンは言うに及ばず、三十年前はあまり知られていなかったタイ料理やベトナム料理も、今や普通に家庭料理として登場します。

これからもきっと、新しい、未知の美味しい料理が日本にやって来るでしょう。あれも食べたい、これも食べたい。胃袋が一つしか無いのが残念です。

皆さん、健康に気をつけて、末永く美味しいものを食べましょうね。この世に美味しいものがある限り、〝食堂のおばちゃん〟はチャレンジを続けて参ります!

本書の第一話から第四話は「ランティエ」二〇二一年二月号～五月号に連載されました。第五話は書き下ろし作品です。

ハルキ文庫

焼肉で勝負！　食堂のおばちゃん⑩

著者　山口恵以子

2021年7月18日第一刷発行

発行者　角川春樹

発行所　株式会社角川春樹事務所
〒102-0074 東京都千代田区九段南2-1-30 イタリア文化会館

電話　03(3263)5247(編集)
03(3263)5881(営業)

印刷・製本　中央精版印刷株式会社

フォーマット・デザイン　芦澤泰偉
表紙イラストレーション　門坂 流

ISBN978-4-7584-4423-1 C0193 ©2021 Yamaguchi Eiko Printed in Japan
http://www.kadokawaharuki.co.jp/[営業]
fanmail@kadokawaharuki.co.jp[編集]　ご意見・ご感想をお寄せください。

山口恵以子の本

恋するハンバーグ
食堂のおばちゃん2

トンカツ、ナポリタン、ハンバーグ、オムライス、クラムチャウダー……帝都ホテルのメインレストランで副料理長をしていた孝蔵は、愛妻一子と実家のある佃で小さな洋食屋をオープンさせた。理由あって無銭飲食した若者に親切にしたり、お客が店内で倒れたり——といろいろな事件がありながらも、「美味しい」と評判の「はじめ食堂」は、今日も大にぎわい。ロングセラー『食堂のおばちゃん』の、こころ温まる昭和の洋食屋物語。巻末に著者のレシピ付き。（文庫化に際してサブタイトルを変更しました）